# 버려서 얻은
# 단 하나의
# 자유

마음
서재

◇ 추천사

❯유응오 작가는 납승衲僧의 유발상좌입니다.

오랜 세월 지켜본바, 유 작가는 자연의 순리에 대해서는 손가락으로 가리키기도 전에 달을 볼 줄 알 만큼 밝지만, 인위人爲의 명리名利에 대해서는 코끼리의 다리를 더듬거리는 장님처럼 어둡습니다. 유 작가는 성전일구聲前一句를 들으려면 귀머거리가 되어야 함을 잘 알고 있습니다.

유 작가의 글은 고준高峻하면서도 담박淡泊합니다. 이러한 문체적 특성은 후천적 노력의 결실인 동시에 타고난 성정에서 기인한 것이기도 합니다. 바위를 만나면 에돌아 흘러가는 물줄기의 지혜를 아는 유 작가의 글답게, 애써 드러내지 않아도 깊고 은은한 향기가 묻어납니다.

특히 납승과 평생 도반으로 지냈던 오현 스님의 이야기가 단연 백미입니다. 오현 스님이 문둥이 부부를 따라다니다가 발심하게 되는 대목에서 독자들은 법계출가法界出家의 정신은 비단 출세간에만 적용되는 것이 아님을 깨닫게 될 것입니다. 어디에도 얽매이지 않는 드높은 정신을 지닌 사람이라면 누구나 새 움이 트는 나무처럼 날마다 새로운 삶을 살 수 있습니다.

시인·화암사 회주

정휴

◇ 저자의 말

# 아름답지 않은 별빛이 없듯이
# 곡절 없는 인생사는 없습니다

❯ 법정 스님은 〈그대는 어디에 있는가〉라는 글에서 출가의 의미를 아래와 같이 강조했습니다.

> 떠나는 것을 불교적인 용어로 '출가' 또는 '출진'이라고 한다. 출가는 집에서 나온다는 뜻이고, 출진은 티끌에서 벗어난다는 것, 곧 욕심에서 벗어난다는 뜻이다.
> 어디로부터 떠나는가. 속박의 굴레에서 떠나고, 무뎌진 타성의 늪에서 떠나고, 집착하는 마음으로부터 떠난다. 이것이 곧 출가이다. 떠난다는 것은 곧 새롭게 만난다는 뜻이기도 하다.
> 만남이 없다면 떠남도 무의미하다. 출가는 빈손으로 돌아가는 길이 아니다. 크게 버림으로써 크게 얻을 수 있다. 크게 버리지 않고는 결코 크게 얻을 수 없다.

"크게 버리지 않고는 결코 크게 얻을 수 없다."는 가르침이 뇌성처럼 가슴에 전율을 일으킵니다. 그렇다면 출가자는 무엇을 버리고 무엇을 얻어야 하는 것일까요? 이에 대한 답을 오현 스님의 말씀에서 찾을 수 있습니다.

> 출가자는 그가 진리라고 믿는 세계로부터도 떠나야 합니다. 세상에는 참으로 많은 진리가 있습니다. 모든 진리는 그 나름의 논리와 정당성을 가지고 있기 때문에 반대의 진리를 용납하지 않습

니다. 이 독단과 편견은 자칫하면 자신과 이웃을 오류와 파멸의 구렁텅이로 몰아넣을 수 있습니다. 그러므로 출가자는 독단으로 부터 벗어나야 합니다. 이것이 법계출가입니다.

2018년 신록이 짙어질 무렵 오현 스님의 입적 소식을 들었습니다. 건봉사 다비장에서 오현 스님의 법체가 불길로 화현하는 것을 지켜 보면서 오현 스님이 설한 법계출가의 정신에 대해 숙고하지 않을 수 없었습니다.

법계출가의 정신을 지녀야 하는 것은 비단 출가자만은 아닐 것입 니다. 어디에도 얽매이지 않는 자유로운 정신을 지닌 사람이라면 누 구나 타성의 궤도에서 벗어날 줄 알 것입니다.

바깥의 꽃잎이 떨어질 무렵이면 새로운 꽃잎에 안에서 피어납니 다. 떨쳐버릴 수 있어야 새로이 피어날 수 있는 것입니다. 법계출가의 정신은 채움이 아니라 버림에 목적이 있습니다. 어떻게 보면 완미完 美의 찰나 허공에 흩어지는 티베트의 모래 만다라처럼, 인생의 모든 가치는 소멸하고자 완성되는 것인지도 모르겠습니다.

아름답지 않은 별빛이 없듯이 곡절 없는 인생사는 없습니다. 스님 들의 행장도 마찬가지여서 발심출가든 인연출가든 그 법연法緣의 깊 이는 감히 헤아릴 수 없는 경계일 것입니다. 산문에 기대어 부르는 노래는 세속의 음계로는 평가할 수 없는 '격외格外의 노래'인 동시에

'겁외劫外의 노래'라고 할 수 있습니다.

2,500여 년 전 부처님은 뜨거운 대지를 맨발로 걸어갔으며, 해동 불교의 법등法燈을 밝힌 원효 스님은 저잣거리에서 무애의 춤사위로 대중을 위무했고, 혜초 스님은 죽은 낙타의 뼈 위로 모래가 쓸리는 사구沙丘를 넘어서 구도의 길을 떠났습니다. 속도경쟁 사회인 이 시대에도 운수납자들은 깨달음을 얻기 위해 여름과 겨울, 어김없이 안거에 들고 있습니다.

이 책에 실린 스님들이 수행자로서 가장 모범이 된다고는 생각하지 않습니다. 하지만 근현대사를 온몸으로 헤쳐온 이 시대의 대표적인 스님들의 이야기인 것만은 분명한 사실입니다.

특히 오현 스님과 정휴 스님의 이야기를 실을 수 있었던 것은 영광입니다. 오현 스님의 열반 소식을 듣고 살아 계실 때 받은 은혜가 컸던 터라 보은할 길이 없는 게 죄송해 소매로 눈물을 훔칠 수밖에 없었습니다. 못난 제자임에도 과찬의 추천사를 써주신 정휴 스님께 삼배를 올립니다.

이 책에 실린 스님들은 제 가슴에 작은 가람 한 채를 지어줬습니다. 그 절에 연못을 파고 연꽃을 키우는 것은 제 몫임을 잘 알고 있습니다. 돌다리에서 만나면 가벼이 눈인사를 나누고 두 손 모아 합장하는 운수雲水처럼 인연의 소중함을 마음속 깊이 새기겠습니다.

비구, 비구니 스님, 법랍 순으로 소개하는 것이 불가의 예법이나, 젊은 독자들을 위해 가나다순으로 실은 점을 널리 혜량해주시기 바랍니다.

2019년 봄의 길목에서

유응오

# 금강석처럼 굳은 마음의 수행자

◇ 금강 스님

스님은 대흥사에서 지운 스님을 은사로 모시고 출가하셨다. 해인사 강원, 중앙
승가대, 원광대 대학원에서 공부하셨고, 백양사에서 서옹 스님을 모시고 참사람
운동을 펼치셨다. 조계종 교육아사리, 해남 미황사 주지로 계신다.

➤ 금강 스님은 해남 대흥사 아랫마을에서 4남매 중 셋째로 태어났다. 부모님은 농사를 지으면서 자그마한 점방을 운영했다. 스님은 어릴 적 부모님으로부터 귀여움을 받았고, 국민학교와 중학교 내내 우등생 소리를 들었다. 중학교 1학년 때 아버지가 당뇨 합병증으로 돌아가셨지만 흔들림 없이 학업에만 전념했다. 그런데 대도시 고등학교로 진학하지 못하자 정신적 방황이 시작되었다. 친구들은 대도시 고등학교에 가는데, 자신만 고향 마을의 고등학교에 간다는 사실을 용납할 수 없었던 것이다.

그러던 중에 고등학교 불교학생회 지도법사인 물리 선생이 경전을 추천했다. 그 경전이 바로 《육조단경六祖壇經》이다. 《육조단경》은 육조 혜능 선사의 일대기를 다루고 있어 서사적인 측면에서 읽는 재미도 있거니와 그 내용도 대단히 감동적이었다. 특히 "보리반야의 지혜는 세상 사람들이 본래부터 지니고 있는 것인데, 다만 마음이 미혹하여 능히 스스로 깨닫지 못하느니라. 모름지기 큰 선지식의 지도를 구하여 자기의 성품을 보아야 한다."는 구절을 읽었을 때 스님은 어둠을 물리치면서 밝아오는 햇무리를 보는 것 같은 환희심을 느꼈다.

# 동짓날 조사전에
# 팥죽을 올리고

이후 스님은 참선에 관심을 갖게 되어 물리 선생에게 참선반도 특별활동반에 포함시켜줄 것을 건의했다. 불교에 관심이 깊어지자 물리 선생이 대흥사 지운 스님을 소개했다. 지운 스님의 방에는 불교 경전을 비롯한 수많은 책들이 서가에 꽂혀 있었다. 처음에는 법정 스님의 수필집을 빌려 읽다가 나중에는 한문으로 된 경전들을 읽기 시작했다. 불교 서적을 탐독하다 보니 교과서는 물론이고 인문과학 서적들조차도 시시하게 느껴졌다.

고등학교 1학년 겨울방학을 맞아 숫제 보따리를 싸서 대흥사로 들어갔다. "동지 전날에 조사전을 청소해줬으면 좋겠다."는 지운 스님의 말씀이 발단이 되었다. 존경하는 지운 스님이 심부름을 시킨 것 자체가 몹시 기뻤다. 그리하여 동지 전날에는 조사전을 청소하고, 동짓날에는 조사전에 팥죽을 올렸다. 동지가 지난 뒤에도 집으로 내려가지 않았다. 경전에 대한 이해가 깊었던 지운 스님으로부터 지혜의 말씀을 듣느라 시간이 가는 줄도 몰랐다.

아들이 일주일 동안 연락이 없자 어머니가 대흥사를 찾아왔다. 어머니의 손에는 교과서와 떡이 들려 있었다.

"학교 공부도 해야 되지 않겠냐?"

"저는 앞으로 절에서 살겠습니다."

"그러려무나."

아들의 태연한 대답에 어머니가 고개를 끄덕였다. 출가 의지를 우회적으로 표현한 것인데, 어머니는 겨울방학 동안 절에서 지내겠다는 의미로 오해했다.

방학이 끝나도록 학생이 집으로 가지 않자 지운 스님이 물었다.

"집에 안 돌아갈 것이냐?"

"저는 출가할 생각입니다. 이미 어머니께 허락을 받았습니다."

"출가를 하려면 고등학교를 졸업해야 한다."

"그렇다면 절에서 학교를 다닐 수 있도록 허락해주십시오."

지운 스님은 아무 말 없이 고개를 끄덕였다. 그날 이후 일상이 다소 바뀌었다. 이전까지만 해도 지운 스님이 차려준 밥상을 받아먹었는데, 그 이튿날부터는 스스로 밥상을 차려야 했다.

고등학교를 졸업할 때까지 스님은 반승반속半僧半俗의 일상을 이어나갔다. 새벽에 일어나 예불을 드린 뒤 밥을 지어서 은사 스님의 밥상을 차리고, 도시락을 직접 싸서 학교로 향했다. 방학 때는《초발심자경문初發心自警文》과 염불을 익히고 땔감을 마련했다. 그러는 동안 불심도 나날이 깊어갔다.


금강 스님은 고등학교를 졸업하자마자 정식으로 출가하기 위해 해인사로 향했다. 대흥사에서 불교계 신문과 잡지를 읽으며 출가도량으로는 총림인 해인사가 적격이라고 생각했다.

해남에서 첫차를 탔는데도 해인사에 도착하니 깜깜한 밤이었다. 마땅히 잘 데도 없고 해서 파출소장에게 사정을 얘기하고 해인사파출소에서 하룻밤을 묵었다. 이튿날 새벽, 경내에 들어서니 마당에 소복하게 눈이 쌓여 있었다. 먼저 마애불을 찾아 참배하고, 그다음 팔만대장경판을 모신 장경각을 참배했다. 이어서 대적광전의 부처님 전에 108배를 올리면서 '어떠한 경우에도 물러서지 않는 불퇴전의 마음으로 수행의 길을 걸을 수 있게 해주십시오.'라고 발원했다.

108배를 마치고 밖으로 나와 보니 한겨울 새벽이라 경내에는 아무도 없었다. 종무소 방향으로 내려가는데 포행을 하는 노스님의 뒷모습이 보였다. 반가운 마음에 노스님에게 뛰어가 인사를 드렸다. 그러자 노스님의 입가에 미소가 번졌다.

"어디서 왔나?"

"해남에서 왔습니다."

"해인사에는 뭐 하려고 왔나?"

"행자생활을 하려고 왔습니다."

"잘 왔다. 우리, 공부하다가 죽겠다는 각오로 수행하자."

노스님이 금강 스님의 손을 부여잡았다. 때마침 여명의 햇무리가 눈밭을 물들였다. 금강 스님은 자신도 모르게 왈칵 눈물이 쏟아졌다. 평생 수행자로 살자는 노스님의 말씀이 가슴에 차고 넘쳐서 흐르는 것 같았다. 노스님은 잡았던 손을 푼 뒤 가던 걸음을 재촉했다. 금강 스님은 노스님의 뒤를 따라서 걸었다. 그렇게 순백의 눈밭 위에 가지런한 발자국들이 남겨졌다.

알고 보니 그 노스님은 혜암 스님으로 당시 수좌 소임을 맡고 있었다. 훗날 혜암 스님은 조계종의 신성을 상징하며 종통을 승계하는 최고 권위와 지위를 가진 종정에 추대되었다.

"공부하다가 죽겠다는 각오로 수행하자." 행자생활 첫날에 혜암 스님에게서 들은 이 선언적 말씀이 금강 스님에게는 사미 10계나 비구 250계보다도 소중한 계율이 되었다. 그렇게 자신만의 계율을 지녔던 터라 행자생활은 어려울 것이 없었다.

## '금강'이라는 법명에
## 담긴 깊은 뜻

당시 해인사는 행자로 들어와도 근기를 시험하느라 일주일 동안 머리를 깎이지 않았다. 소임도 주지 않았으므로 그동안 행자들은 후원에서 설거지를 하면서 지내야 했다. 그 과정에서 남을 자는 남고 떠날 자는 떠났다. 일주일이 지나면 3,000배를 하고 삭발한 다음 비로소 행자복을 입었다.

행자방에 들어간 지 사흘째, 금강 스님은 자신보다 며칠 먼저 들어온 행자가 3,000배를 한다는 소식을 듣고 행자반장에게 물었다.

"저도 3,000배를 한 뒤 삭발염의하면 안 됩니까?"

대흥사에서 사찰문화를 경험했던 것이 행자생활에 큰 도움이 되었다. 행자생활 후 함께 사미계를 받은 이가 모두 14명이었다.

사미계에 이어 비구계를 받고 승랍이 높아질수록 수행자로서 책임감도 커졌다. 그때마다 금강 스님은 "공부하다가 죽겠다는 각오로 수행하자."는 혜암 스님의 말씀을 떠올렸다.

어머니의 임종 때도 그 말씀이 마음속에서 떠나지 않았다. 어머니가 위독하다는 전갈을 받고 해남의 속가로 가는 내내 후회가 밀려왔다. 출가를 한 해 미루더라도 어머니를 모셨어야 했다고 후회했다.

어머니의 임종을 지켜보면서 스님은 속으로 되뇌었다.

'부처님, 저는 어머니를 모시는 대신 출가를 선택했습니다. 어머니를 지켜드리지 못한 죄송함을 생각해서라도 앞으로 온 마음을 다해 공부하겠습니다.'

사미계를 받기 전 은사를 정해야 했다. 대흥사에서 지운 스님을 모시면서 고등학교를 다닌 마당에 굳이 다른 은사를 모실 필요가 없었다. 지운 스님이 지어준 법명은 '금강'. 그런데 나중에 강원에 공부하러 가서 보니 금강이라는 단어가 무진장 많았다.

금강 스님은 은사 스님에게 편지를 보내 법명 때문에 자주 놀림을 받는다고 토로했다. 편지를 받고 지운 스님이 답장을 보내왔다.

부처님의 가르침을 담은 경전 중 《금강경》만큼 수승한 경전도 없다. 조계종의 소의경전이 《금강경》인 것도 이 때문이다. 남종선

南宗禪의 창시자인 육조 혜능 선사도 《금강경》의 한 구절인 '응무소주應無所住 이생기심而生其心'을 듣고 확철대오하였다. 부처님의 가르침은 위없이 수승한 것이니 귀한 것이라고 할 수 있으나, 그 드높은 깨달음이 처처에 구현되어야 하니 흔한 것이라고도 할 수 있다. 그런즉 법명을 생각함에 있어 귀하고 흔한 것에 마음 쓰지 않길 바란다.

은사 스님의 편지를 받고 나니 금강이라는 법명이 좋게 느껴졌다. 그래서 강원에서 공부하는 동안 새벽 간경시간에 홀로 《금강경》을 암송했다. '금강역사처럼 불법을 수호하겠다.'는 원력을 굳건히 하면서 음성을 높였다.


어떻게 고양이 새끼를
살릴 것인가

대흥사 지운 스님의 방에는 고양이 그림이 걸려 있었다. 한 눈은 뜨고 한 눈은 감고, 허공으로 꼬리를 길게 뻗은 모습이었다. 그림에는 한자가 쓰여 있었는데 그 의미를 몰라 지운 스님에게 물었다.

"은사 스님, 이 그림과 글자는 무엇을 의미하는 것인가요?"

"《무문관無門關》제14칙이 '남전참묘南泉斬猫'다. 얘기인즉슨 이러하다. 어느 날 남전 화상의 회상에서 고양이 새끼를 놓고 승려들이 서로 다투고 있었다. 이를 본 남전 화상이 고양이 새끼를 들고 말했다. '누구든지 한마디 말해보라. 그러면 살려줄 것이고, 그러지 못하면 단칼에 베어버리겠다.' 대중이 아무도 말을 못 하자 남전 화상은 고양이를 베어버렸다. 나중에 조주 선사가 오자 남전 화상이 똑같이 물었다. 그러자 조주 선사는 신발을 머리 위에 올리고 나갔다. 남전 화상은 '만약 네가 그 자리에 있었다면 고양이를 살릴 수 있었을 텐데.'라고 말했다. 그러니까 이 그림은 남전참묘를 그린 것이다. 만약 남전 화상이 너에게 물었다면 너는 어떻게 대답했겠느냐?"

금강 스님은 즉답을 할 수 없었다. 이후 '남전참묘'는 서 있을 때나, 앉아 있을 때나, 누워 있을 때나 마음속에 지니는 화두가 되었다.

남전참묘라는 화두에 대한 답을 얻었느냐는 질문에 금강 스님은 이렇게 말했다.

"남전 화상이 고양이와 함께 일체 분별을 벤 행동도 중요하고, 조주 선사가 가장 낮은 두 발을 감싸는 신발을 가장 높은 머리 위로 올린 행동도 중요하지만, 무엇보다도 어떻게 하면 고양이 새끼를 살릴까 하는 자비로운 마음을 갖는 게 중요하다고 생각합니다."

금강 스님의 말대로 시비를 끊고 나면 결국 남는 것은 자비심이다. 그러고 보면 서옹 스님을 모시고 전개한 참사랑운동을 비롯해 금강 스님의 사회활동들은 이 땅에 자비의 씨앗을 뿌리는 불사였다.

# "아무것도 모르니 똑바로 갈밖에"

◇ 대봉 스님

---

스님은 미국 필라델피아 태생으로 대학에서 물리학과 심리학을 전공하셨다. 숭산 스님의 법문에 감화돼 불법에 귀의하신 후 서유럽과 미국의 선원에서 수행을 지도하셨다. 숭산 스님으로부터 인가받아 전법제자가 되셨으며, 현재 계룡산 무상사 조실이시다.

❯ 대봉 스님을 만나러 가는 내내 숭산 스님의 다비식을 떠올렸다.

2004년 12월 4일, 덕숭총림 수덕사에 5번의 종소리가 울려 퍼졌다. 숭산 행원 대종사의 다비식을 알리는 신호였다. 종소리는 사바세계의 무명을 깨치고 하늘 끝까지 닿는 듯했다. 제 살을 때리면서, 제 속을 비우면서 그윽한 소리를 전하는 범종이 숭산 스님의 화신처럼 느껴졌다.

범종 소리가 울린 후 영결식장은 인산인해를 이루었고, "What am I(나는 누구인가)?" "Put it all down(모두 내려놓으라)" 등 영어로 쓰인 수많은 만장이 휘날렸다. 32개국에 총 120여 개의 선원을 설립해 한국의 선불교를 세계에 전한 숭산 스님. 스님의 마지막 가는 길을 따르는 상좌들의 눈빛과 피부색도 가지각색이었다. 숭산 스님의 영결식은 '세계일화世界一花', 즉 세계가 한 송이 꽃처럼 피어나는 현장이었다.

영결식이 끝난 후 스님의 법구法軀는 각양각색의 만장을 앞세우고 연화대 다비장으로 이운되었다. 전 세계에서 모인 제자들이 은사의 마지막 길을 부축하고 있었다. 숭산 스님의 법구는 푸른 솔가지가 깔린 장작더미 위에 모셔졌고, 그 위로 다시 장작이 높이 쌓여갔다. 연화대 주변으로 숭산 스님의 상좌들이 둥글게 모여들었다. 하늘에서는 쉴 새 없이 굵은 비가 쏟아졌다. 상좌들은 더러 오열하고, 더러 고개를 파묻고 눈물을 훔쳤다.

"큰스님, 불 들어갑니다."

솔가지에 불이 붙자 매운 연기가 솟아올랐다. 곧이어 거대한 불길이 솟구치더니 연화대를 휘감고 겨울비가 내리는 차가운 하늘까지 뻗쳐나갔다. 불길은 파랗게 질렸다가 빨갛게 휘다가 이내 매운재가 되어 내려앉았다. 숭산 스님의 법구는 한 줌 재가 되어 간데없었으나 스님이 중생들에게 전한 온기는 자애롭게 대기를 감싸고 있었다.


숭산 스님과 함께한
마지막 1년


대봉 스님과 인사를 나눈 뒤 대화는 자연스럽게 숭산 스님의 다비식 이야기로 시작되었다.

대봉 스님은 벽 한쪽에 걸려 있는 사진을 가리켰다. 한 수행자의 뒷모습이 보이고, 그 수행자가 바라보는 방향에는 감히 범접할 수 없는 웅장한 성처럼 불길이 타오르고 있었다. 숭산 스님의 다비식 장면이었다. 숭산 스님의 다비식에서 대봉 스님은 외국인 제자 중 맏상좌로서 역할을 다했다. 영결식장에서는 조문객들과 일일이 맞절을 했고, 다비식장에서는 은사의 법구에 불을 붙였다.

대봉 스님은 숭산 스님이 열반에 들기 전 1년 동안 곁에서 모셨던 이야기를 들려주었다.

무상사 건립을 위해 동분서주했던 대봉 스님은 2002년 완전히 탈진 상태가 되었다. 평소 몸이 약했던 데다가 기금을 조성하고 사찰 건립에 온 힘을 쏟느라 탈이 났던 것이다. 대봉 스님은 1년간 쉬게 해달라고 숭산 스님에게 요청했다. 이후 미국에서 1년 동안 휴식을 취하고 다시 한국으로 돌아왔다.

한국 땅을 밟자마자 화계사에 머무르던 은사를 찾았다. 당시 숭산 스님은 건강이 좋지 않은 상태였다. 은사 스님을 볼 날이 많지 않을 것 같다는 불길한 예감이 엄습했다. 미국행과 한국 잔류. 둘 중 하나를 선택해야 하는 기로에 섰다. 결국 한국에 남아 은사 스님을 지극정성으로 간호했다. 은사 스님과 함께 식사를 했고, 오전 11시부터 오후 2시, 4시, 6시까지 하루 총 4회의 투약과 투석을 지켜보았다.

2004년 11월 말, 삼각산의 나무들이 부는 바람에 이파리를 떨어뜨리고 앙상한 가지만이 남자 숭산 스님의 건강도 나날이 악화되었다. 결국 숭산 스님은 병원으로 옮겨졌고, 오래지 않아 주치의로부터 안타까운 말을 들었다.

"오늘이 마지막이 될 것 같습니다."

화계사 국제선원에 8명의 상좌가 모였다. 상좌들은 구급차에 실려 온 숭산 스님을 방 가운데 누이고 주위에 둘러앉았다.

"스님께서 가시면 저희는 어떻게 살아야 합니까?"

"걱정하지 마라. 걱정하지 마라. 만고광명이 청산유수니라."

숭산 스님은 유원悠遠한 열반송을 남기고, '삶과 죽음의 길이 숨 한 번에 오고 간다'는 부처님의 말씀대로 홀연히 입적했다. 2004년 11월 30일 오후 5시 20분, 화계사 염화실이 울음바다가 되는 순간이었다.

은사 스님과 함께한 마지막 1년이 수행자로서 가장 많은 것을 배운 시간이었다고 대봉 스님은 회고했다. 숭산 스님은 병환으로 심한 고통을 겪을 때도 아픈 기색을 보인 적이 한 번도 없었다. 죽음 앞에서도 웃음을 잃지 않았던 은사의 모습을 보면서 대봉 스님은 삶과 죽음이 하나임을 깨달았다.

"은사 스님이 병을 얻은 것은 1960년대입니다. 당시 종단의 살림을 도맡다 보니 몸이 축났던 것이지요. 아마도 산에 들어가 참선수행만 했더라면 그렇게 일찍 입적하시지 않았을 거예요. 당신의 몸을 돌보는 것보다 제자들을 가르치고 불법을 세계에 전하는 게 더 중요한 분이셨어요. 삶의 마지막 순간까지 그토록 의연한 모습을 보일 수 있었던 것은 육신이 껍데기에 불과하다는 것을 아셨기 때문일 것입니다."

숭산 스님은 1977년 7월에도 병원에 입원한 바 있었다. 장기간 당뇨 치료제를 복용하는 바람에 심장이 상했던 것이다. 지병이 악화된 후에도 숭산 스님은 자신을 찾는 이가 있으면 누구도 마다하지 않았다.

의사들의 진단과 달리 숭산 스님은 입원 일주일 만에 정상으로 돌아왔다. 마음으로 몸의 상태를 조절할 수 있다는 데에 놀란 의사들이 숭산 스님에게 명상을 배우러 찾아왔다. 그러나 숭산 스님은 수행의 목적이 수명 연장에 있는 게 아니라 생사해탈, 즉 삶과 죽음의 경계를 훌쩍 뛰어넘는 데 있다고 가르쳤다.

"바른 수행은 삶과 죽음을 초월하는 것이다. 우리의 몸은 비록 태어남과 죽음이 있지만 우리의 진정한 자아는 생사가 따로 없다. 그러므로 우리가 진정한 나를 찾는다면 1시간 또는 하루, 아니면 한 달 후에 죽는다 해도 문제 될 게 없다. 그저 몸을 치료하기 위해 수행한다면 그것은 몸을 걱정하는 일에 지나지 않는다. 바른 수행을 한다면 병들거나 아픔에 시달린다 해도, 죽음을 맞이한다 해도 문제 될 게 없다."

숭산 스님은 생로병사의 굴레에서 자유로웠기에 제자들에게 "병을 앓을 때는 다만 앓으라."는 법문을 할 수 있었던 것이다.

어느 날 한 제자가 "죽음이 무엇입니까?"라고 묻자 숭산 스님은 "너는 이미 죽었다."라고 답했다. 제자가 놀라서 되물었다.

"무슨 말씀이십니까? 죽어가고 있는 것이라면 모를까, 제가 이미 죽었다니요?"

"죽음을 생각하면 죽음이 만들어지고, 삶을 생각하면 삶이 만들어진다. 네가 아무 생각도 하지 않는다면 거기엔 삶도 죽음도 없다. 그 공한 마음에 네가 있느냐, 내가 있느냐?"

숭산 스님은 병중에도 미소를 잃지 않았다. 외국의 유명 병원에서 치료받으면 치료비 일체를 부담하겠다는 신도가 있었음에도 고국에 머물렀던 까닭은 당신이 펼쳤던 '세계일화' 사상의 구심점이 화계사이기 때문이었다. 숭산 스님은 제자들에게 화계사 국제선원이 해동선海東禪의 시작점이자 귀착점이라는 것을 일깨워주고 싶었던 것이다.


세상의 부조리에서
삶의 궁극적 문제로


대봉 스님의 속명은 로렌스 시켤Lawrence d' Sichel이다. 스님은 미국 펜실베이니아주의 동쪽 끝 필라델피아 근교에 있는 인구 5,000여 명의 작은 마을인 엘킨스 파크에서 태어났다. 유대계인 스님은 할아버지에게서 사업을 이어받아 운영하는 아버지와 초등학교 교사인 어머니 밑에서 자랐다. 3형제 중 장남이라 부모님은 당연히 스님이 가업을 이어받을 것이라고 생각했다. 어릴 적 스님은 공을 차며 잔디밭을 뛰어다니기 좋아하는 밝은 소년이었다. 그러나 세상은 아름다운 것만 보여주지는 않았다.

여덟 살 때였다. 소년은 미국 사회에 만연한 인종차별 문제를 보면서 세상의 부조리에 조금씩 눈뜨게 되었다. 사회의 부조리에 대한 회의에서 시작된 고민은 삶의 궁극적인 문제로까지 확대되어갔다.

'왜 세상에는 차별이 존재하는가?'

'왜 사람들은 태어나서 병들고 죽어야 하는가?'

그러던 중 열한 살 때 일본 가마쿠라에서 열린 여름 캠프에 참가했다가 잊지 못할 강렬한 체험을 했다. 당시 캠프에는 세계 10개국에서 모인 40명의 학생들이 참가했다. 소년은 가마쿠라 대불(높이가 13.4미터이고 무게는 121톤에 달함)을 본 순간의 감동을 떨칠 수가 없었다. 그 위엄에 압도되어 불상을 본 순간 뒤로 한 발짝 물러나야 했다.

대불을 마주한 감동을 잊지 못한 소년은 집으로 돌아온 뒤 불교에 대해 남다른 애정을 갖게 되었다. 불교 서적을 읽으면서 점차 사색하는 시간이 늘어갔다.

스님이 청소년기를 보낸 시절은 1960년대. 당시 미국은 격동기였고, 자연스럽게 스님의 관심도 사회로 향했다. 대학에 입학하며 물리학과를 선택했으나 1년 6개월 만에 심리학으로 전공을 바꿨다.

"미국은 베트남전 개입의 명분을 여럿 만들었어요. 주로 '자유 이데올로기'에 바탕을 둔 것들이었지요. 하지만 엄밀히 따지면 미국의 참전은 잘못된 것이었어요. 당시 저는 국가이기주의는 개인의 이기심이 확장된 것이라는 사실을 깨달았어요. 그러자 삶의 부조리도 물질만능주의에서 비롯된다는 것을 알게 됐지요. 왜 잘사는 이나 못사는 이나 예외 없이 고통을 받는가, 하는 의심이 들었어요. 그래서 물리학에서 심리학으로 전공을 바꾸게 됐어요. 삶의 근원적 문제를 해결할 수 있는 것은 물질이 아니라 마음이라는 생각이 들었어요."

스님은 대학 시절 미 국방부 앞에서 시위를 벌이기도 했다. 시위에 참가한 군중이 50만 명을 웃돌자 미국 언론이 당시 일을 대서특필했다. 처음 두 차례 시위는 동기도 순수했고 평화적으로 이루어졌다. 그런데 세 번째 시위부터는 경찰과 군중의 몸싸움이 극렬해졌다. 게다가 시위를 주도한 지도부 내에서 계파 갈등이 생기기 시작했다. 그 과정에서 이전투구의 양상을 보이기도 했다. 지도부에 속해 있던 스님은 적잖은 충격을 받았다. 국가 파시즘과 싸우자고 모인 시위 지도부가 기성 정치세력의 구태의연한 모습을 고스란히 답습하고 있었던 것이다. 명분은 온데간데없고 실리만 추구하는 지도부의 모습을 보면서 염증을 느낀 스님은 더는 시위에 참가하지 않았다. 대신 남들을 위해 무언가 더 할 수 있는 일을 찾아 고민하다가 정신병원 카운슬러가 되었다.

스님은 대학 졸업 후 4년간 병원에서 카운슬러로 일하면서 환자들이 무겁게 끌어안고 있는 마음의 짐을 덜어주려고 노력했다. 그러나 그 생활도 오래가지 못했다. 애정 없이 환자들을 대하는 의사와 간호사를 보면서 일에 회의가 들었다.

"의사나 간호사가 환자들에게 불친절한 이유는 자신들이 아프지 않기 때문이죠. 그것을 깨닫자 문득 자신의 고통을 모르는 이는 다른 이의 고통도 모르고, 자신의 병을 치료할 수 없는 이는 다른 이의 병도 고칠 수 없다는 생각이 들었죠. 그래서 병원을 떠났어요."

스님이 이런 결정을 한 이유는 인간의 마음에 대해 숙고하게 되는 경험을 했기 때문이다.

"야간조로 일할 때 환자에게 수면제 먹이는 일을 돕게 됐어요. 한 여자 환자가 약 먹기를 거부하면서 계속 버스를 타야겠다고 말했어요. 그러던 중 리타라는 간호사가 왔어요. 리타는 침대를 병실 밖으로 옮긴 뒤 환자에게 말했어요. '저기 당신 버스가 있네요. 버스 타고 가세요.' 리타의 말에 환자는 멍하니 침대만 바라보다가 이내 조용해졌어요. 우리는 안심하고 병실을 나올 수 있었고, 환자는 밤새 편안히 잠을 잤어요. 그때 저는 깨달았어요. 그 환자를 안심시킨 것은 수면제가 아니라 리타의 진심 어린 말이라는 것을."

# 숭산 스님 친견 후
# 삶의 나침반을 얻다

그 후 스님은 병원을 그만두고 자신의 근원적 고통이 무엇인지 알기 위해 고행의 길을 걸었다. 도자기공부터 조선소 용접공까지 닥치는 대로 막일을 전전하다가 나중에는 잠수함 만드는 공장까지 가게 되었다. 오랜 방황 끝에 스님은 학력이나 재력 따위의 사회적 잣대로 사람을 평가하지 않게 되었다. 또 하나 얻은 것은 '내가 지금 무엇을 하고 있지?'라는 화두였다.

궁극적인 깨달음을 얻기 위해서는 덕 높은 스님을 만나야 한다는 생각이 들었다. 그리하여 찾아간 곳이 숭산 스님을 따르는 예일대 교수들이 뜻을 모아 세운 뉴헤이븐 선원이었다. 1977년 5월 숭산 스님을 친견한 후 스님은 삶의 나침반을 얻었다.

강연을 듣는 내내 스님은 사막을 헤매던 방랑자가 오아시스를 발견한 것처럼 기쁨에 충만했다. 누군가가 "어떤 게 미친 것이고, 어떤 게 미치지 않은 것입니까?"라는 질문을 던졌는데, 숭산 스님은 막힘없이 그 답을 제시했다. 그 질문은 대봉 스님이 평소 지니고 있던 삶의 궁극적인 화두 중 하나였다. 숭산 스님의 대답은 이러했다.

"네가 많이 집착한다면 많이 미친 것이고, 조금 집착한다면 조금 미친 것이다. 어느 것에도 집착하지 않는다면 그게 바로 미치지 않은 것이다."

그 말을 듣는 찰나 대봉 스님은 청렬한 샘물을 떠 마신 것처럼 가슴이 시원해지는 것을 느꼈다. 강연이 끝난 뒤 숭산 스님을 따라갔고, 3일간의 수련법회를 경험한 뒤 하던 일을 그만뒀다. 수련법회 마지막 날 숭산 스님에게 물었다.

"언제 스님을 다시 만날 수 있겠습니까?"

숭산 스님이 느닷없이 주장자로 다리를 때렸다. 그리고 웃으면서 귓속말을 했다.

"네가 '오직 모를 뿐'인 마음을 지키면 너와 나는 분리되지 않는다."

이 일을 잊지 못한 대봉 스님은 한 달 뒤 로드아일랜드의 프로비던스 선원에서 출가했다. 그곳은 숭산 스님이 미국에서 처음으로 세운 선원이었다.

대봉 스님 자신에게는 더없이 좋은 선택이었지만, 다른 사람들의 생각도 같을 수는 없었다. 히피처럼 머리를 치렁치렁 기르고 다니던 아들이 갑자기 삭발하자 어머니는 아쉬운 속내를 감추지 못했다.

"네 머리가 짧았으면 했는데 너무 짧아진 것 같구나."

숭산 스님을 만나고 1년쯤 지났을 무렵, 스님의 가족은 숭산 스님을 집으로 초대했다. 숭산 스님이 어떤 사람인지 살펴보기 위해서였다. 부모님은 행여 장남이 사이비 종교에 빠진 것은 아닐까 걱정했다. 자비심 가득한 숭산 스님의 모습을 보고서야 자식이 선택한 길이 삿된 길이 아니라는 것을 알 수 있었다. 가족들이 출가를 허락한 데에는 고향 마을의 정서도 한몫을 했다.

엘킨스 파크는 다종교 문화가 일찌감치 자리 잡은 고장이었다. 남북전쟁을 치르는 동안 남부에서 피신해 온 흑인 노예와 유대인, 이탈리아인 들이 별 다툼 없이 살았던 터라 교회와 성당, 사원이 공존했다.

스님이 이별을 고하자 어머니가 포옹하며 화답했다.

"네가 가는 길을 전적으로 이해할 수 없지만 너를 사랑한단다."

2006년, 스님은 어머니를 다시 만났다. 엘킨스 파크 교회에서 법문을 하게 됐는데 그 자리에 어머니가 참석한 것이다. 이날 어머니와 해후하며 마음 한편에 앙금처럼 남아 있던 가족에 대한 부채의식을 조금이나마 떨칠 수 있었다.

가족과의 인연마저도 끊고 선택한 길이었기에 스님은 궂은일을 마다하지 않았다. 참선과 울력을 병행하며 수행하다가 1984년 프로비던스 선원에서 사미계를 받았고, 4년 뒤 스페인 바르셀로나 선원에서 비구계를 받았다.


# 어떻게 병 속의 닭을
# 꺼낼 것인가


대봉 스님이 서울 화계사를 처음 찾은 것은 1984년 9월. 숭산 스님이 전통사찰 40여 곳을 일일이 데리고 다니며 한국의 사찰문화를 상세히 소개해줬다. 그러나 대봉 스님은 한 달 만에 미국으로 돌아가야 했다. 관음선종의 본산 격인 미국 프로비던스 선원 내에 금강산사가 문을 열었는데, 마땅한 지도법사가 없었던 것이다. 은사의 지시에 따라 금강산사의 도감을 맡아 미국과 한국을 오가야만 했다. 그런 까닭에 스님은 아쉽게도 한국어를 제대로 익힐 기회가 없었다.

은사의 총애를 받는다는 것은 득과 실이 공존하는 일이었다. 프랑스 파리 선원, 캘리포니아 무문선원, 보스턴 케임브리지 선원의 주지를 지내며 초심자들을 지도하는 동안 숭산 스님의 진면목을 두루 볼 수 있었던 반면 개인적으로 수행할 시간이 부족했다.

바로 곁에서 지켜본 숭산 스님의 진면목은 어떠했을까? 대봉 스님은 은사에 대해 "말보다 행동이 빨랐던 스승"이라고 회고했다. 숭산 스님은 곧잘 식사를 마치고 나면 식탁을 치우라고 지시하는 대신 손수 그릇들을 쟁반에 담아 부엌으로 날랐다.

숭산 스님과의 일화 중 가장 인상적인 기억은 '병 속의 닭'이라는 화두를 내린 것이었다.

숭산 스님이 첫 번째 유럽 여행을 마치고 프로비던스 선원으로 돌아와 제자들에게 작은 선물을 나눠줬다. 대봉 스님이 받은 선물은 닭 인형이 들어 있는 유리병이었다. 숭산 스님은 선물을 건넨 뒤 이렇게 말했다.

"누군가 밑은 넓고 목은 가느다란 병 안에 달걀을 넣고 따뜻하게 잘 보존하여 달걀을 부화시켰다. 병아리가 자라서 닭이 됐는데 병에서 나올 수가 없다. 어떻게 하면 그 병을 깨뜨리지 않고 닭을 꺼낼 수 있겠느냐?"

그 화두를 풀기 위해 대봉 스님은 앉으나 서나, 깨어 있거나 잠들거나 일념으로 매진했다.

어떻게 '병 속의 닭'을 꺼냈느냐는 필자의 질문에 대봉 스님은 입가에 미소를 지었다. 그리고 필자를 향해 검지를 치켜들고 말했다.

"도둑놈, 내 닭은 가져가 뭐 하려고. 네 병 속의 닭을 꺼내야지."


대봉 스님은 1999년 4월 숭산 스님에게 인가를 받은 전법제자다. 전법제자라 함은 은사로부터 공안을 점검받았다는 증표다.

대봉 스님이 찻잔에 찻물을 따른 뒤 말했다.

"이 차를 미국에서는 '티tea'라 하고, 한국에서는 '차'라 합니다. 그러나 맛은 똑같습니다. 한번 드셔보세요."

스님이 시킨 대로 차를 마셨다. 녹차였다.

"이 차는 차나무에서 딴 것입니다. 차나무가 땅 속의 씨앗이었을 때 제 이름이 차나무인 줄 알았겠어요? 마찬가지로, 사람이 어머니 뱃속에서 자랄 때 이름이 있었던가요?"

스님은 차를 한 모금 마신 뒤 다시 입을 뗐다.

"우리는 이름을 모르던 시절에도 어머니의 젖을 물고, 숨을 쉬고, 울고, 웃고, 잠을 자지 않았습니까? 모르면 오직 합니다."

스님의 말뜻을 알 것 같았다. '티'인지 '차'인지 그 이름을 몰라도 사람은 누구나 차 마시는 법을 안다.

대봉 스님이 다시 입을 열었다.

"중국의 임제 선사가 말했습니다. '우리 절에는 교리가 없다. 나타나는 증상에 따라 내가 그저 약을 만들어낼 따름'이라고요. 사람들이 본래 모습이 청정하고 지혜롭다는 사실을 믿지 않기 때문에 수많은 문제와 고통이 따르는 것입니다. 선 수행은 고통이 있다는 것을 알아차리는 것이며, 고통의 원인과 끝을 깨닫는 것입니다. 이것을 알아차려 자연스럽게 다른 사람들을 돕고자 하는 마음이 생기는 것입니다."

대봉 스님은 1993년 9월 한국에 정착했다. 국제선원 무상사를 막 짓기 시작할 무렵이었다. 이제 대웅전은 물론이고 요사채들이 반듯하게 구색을 갖추고 들어섰으니 제대로 된 사찰이라고 할 수 있으나, 당시만 해도 남루한 법당만 덩그러니 있었다. 1999년 가을이 돼서야 명행 스님이 선원으로 들어왔으니, 대봉 스님은 무상사를 홀로 6년이나 지킨 것이다. 이야기를 하면 할수록 대봉 스님이 왜 숭산 스님의 만상좌가 됐는지 알 수 있었다.

멀리 붉게 물들어가는 하늘 끝, 향적산은 위에 있었고 무상사는 그 아래에 있었다. 아니다. 무상사에 높고 낮음이 어디 있겠는가. 무상사라 함은 높음이 없는 자리라는 뜻이요, 높음이 없는 자리라 함은 지극히 낮은 자리라는 뜻이리라.

한참을 내려와서 다시 무상사를 돌아보았다. 날이 어두워져 아무 것도 보이지 않았다. 그래도 알 수 있었다. 큰 산[崇山]이 뻗친 자리에 는 큰 봉우리[大峯]가 있을 수밖에 없다는 것을.

"이르는 곳마다 나의 집이니 오고 감을 논하지 말라"

◇ 동선 스님

스님은 직지사에서 사미계를, 월정사에서 구족계를 수지하셨다. 동국대 불교대학원 졸업 후 조계종 기획실장, 중앙종회의원, 초심호계위원 등을 역임하셨다. 현재 화암사 주지, 신흥사 부주지를 맡고 계신다.

❯ 스님의 법명은 동선, 법호는 웅산이다. 법명은 은사인 도명 스님에게서 받았고, 법호는 은사의 도반인 오현 스님에게서 받았다. 동선 스님에게는 법명과 법호가 다르지 않다. 은사가 입적한 뒤 은사의 도반들을 은사처럼 모시고 있기 때문이다.

동선 스님은 경남 양산에서 7남매 중 여섯째로 태어났다. 부모님은 농사를 지었는데, 당시로서는 부농이었다. 흥미로운 것은 어릴 적 스님은 육식을 하면 온몸에 두드러기가 생겼다는 것이다.

"고기를 못 먹으니 어머니가 나를 위해 별도의 반찬을 차려야 했어요. 가령, 김치만 해도 젓국이 들어가면 안 되니까 내가 먹는 김치를 따로 담갔어요."

당숙(승공 스님)이 통도사로 출가하는 것을 보고 동선 스님은 출가자의 삶을 동경하게 되었다. 승공 스님이 상주하는 부산 안양암에 다녀온 뒤 출가의 원력을 세웠고, 고등학교 1학년 때인 1975년에 입산했다. 같은 해 가을 녹원 스님을 계사로 사미계를 수지했다. 행자 교육을 마친 뒤 강릉 보현사에서 도명 스님을 은사로 모셨다. 법주사 강원을 마친 뒤에는 상원사에서 원주 소임을 맡았다. 당시 오대산 적멸보궁에서 100일 기도 정진을 했는데, 원력이 얼마나 지극했던지 밤낮이 바뀌는 줄도 몰랐다. 기도하는 동안 식識이 맑아져 멀리서 신도들이 주고받는 아주 작은 말소리까지도 들을 수 있었다.


## 은사의 기일에
## 다례재를 올리는 효상좌

스님은 공적인 업무에서는 대단히 엄하지만 사적인 자리에서는 한없이 자상했던 은사에게서 중노릇의 대부분을 배웠다. 또한 효도를 숭상했던 조사 스님의 행리行履를 그대로 따르고 있다. 옛날 목주 도명 선사는 짚신을 삼아 번 돈으로 노모를 봉양했는데 은사를 기리는 동선 스님의 마음이 도명 선사의 효성에 비견할 만하다. 도명 스님과 동선 스님의 관계는 중국의 위산 스님과 앙산 스님의 관계를 떠올리게 할 만큼 각별했다.

동선 스님은 화암사 주지로 있을 때 절 입구에 은사의 부도탑과 탑비를 조성했다. 은사의 행장과 가르침을 후대에 남기기 위해서였다. 은사의 기일에는 빠뜨리지 않고 다례재를 올린다. 2015년 은사의 법어집인 《봄은 가도 꽃은 남아 있네》를 출간하는 과정에서도 성심을 다했다. 전국에 산재한 사료는 물론이고 상좌들과 지인들의 회고담을 수집했고, 은사의 가르침을 글로 옮기는 일도 흔쾌히 해냈다.

그렇다면 동선 스님의 은사인 도명 스님은 어떤 분일까?

도반의 정을 나눈 정휴 스님이 〈도명 스님 행장〉을 썼는데, 그 내용 중 가장 인상적인 대목을 보자.

선사는 사색이 깊어질수록 깨달음의 문이 열리는 게 아니라 한없이 나락으로 떨어지는 것을 느꼈다. 그래서 그는 취하는 시간이 많았다. 취하면 그는 대방무애大方無碍한 힘이 솟고 걸림이 없는 풍류가 이어졌다. 걸림 없는 선사의 풍류는 "취하여 한바탕 춤을 추면 미친바람이 천봉만학千峯萬壑에서 일어나네. 이 기쁨에 빠져 계절이 가는 것도 알지 못한 채 바위틈 사이 꽃이 피고 지는 걸 바라볼 뿐이네."라는 내용의 태고 보우 선사의 〈산중자락가山中自樂家〉를 떠올리게 했다.

선사의 내면에는 고독한 공간이 넓어지고 정신적 허기가 깊어졌다. 선사가 지닌 거친 모습은 자각을 통해 다듬어지고 수많은 번뇌를 통해 부드러워지고 온화해졌다. 상원사 주지를 맡아 선방을 운영하면서 자신도 화두를 들고 탐구를 게을리하지 않았다.

《만다라》를 쓴 승려 출신 김성동 작가는 도명 스님을 가리켜 "한국 최고의 협객승"이라고 칭했으니, 스님의 가풍이 얼마나 거리낌 없고 거칠었는지 알 수 있다.

도명 스님의 행장을 간추리면 아래와 같다.

1944년 강원도 고성군 외금강 온정리에서 태어난 도명 스님은 이른 나이에 부친을 여의고 무상의 섭리를 깨달았다. 스님은 무생無生이 무엇인가, 그것을 체득하는 길이 어디에 있는가, 하는 문제를 고민하던 끝에 출가했다. 파계사에 고승이 있다는 말을 듣고 무작정 나선 발걸음이었다. 고승은 당대 최고의 선지식으로 칭송받던 고송 스님이었다. 고송 스님을 친견한 자리에서 스님은 바로 삭발했다.

　　1962년 고송 스님을 은사로 사미계를 수지하고, 도명이라는 법명을 받았다. 이후 오대산 상원사 선원으로 자리를 옮겨 수행했고, 법주사 강원에 들어가 일대시교一代時教를 배웠다. 그러는 사이 모친이 출가해 유심이라는 법명을 얻었고, 동생 또한 출가해 삼보라는 법명을 받은 뒤 당대 최고 선지식인 탄허 스님의 제자가 되었다.

　　이후 스님은 예천 보문사, 대구 남지장사, 이천 영월암, 강릉 보현사, 평창 상원사 등의 주지를 역임한 데 이어 조계종 중앙종회의원, 총무원 사회부장과 규정부장을 맡아 종단의 기강을 바로잡고 청정한 승풍을 진작하는 데 앞장섰다. 오대산 월정사 주지로 취임해 원주 영천사, 영월 보덕사, 정선 포교당, 강릉 포교당, 홍천 포교당, 정선 포교당, 삼척 포교당, 임원 기원정사 등 말사에 유치원을 개원해 운영에 지원을 아끼지 않음으로써 어린이 포교에도 힘썼다.

## 은사와 상좌의
## 법연이 지중하니

동선 스님은 도명 스님을 그림자처럼 따르며 맏상좌로서 스승이 평소 챙기지 못한 부분을 채우는 좌보처의 역할을 했다.

도명 스님은 신뢰를 저버린 사람에게는 불같이 분노했지만, 믿고 따르는 사람에게는 한없이 자애로웠다. 그 모습을 보면서 동선 스님은 화를 내는 것만큼은 따르지 않기로 결심했다. 은사의 날카로운 기봉機鋒도 배우지 않았다. 대신 자제심과 타인에게 상처 주지 않고 화해하는 법을 스스로 터득했다. 그래서 동선 스님은 소유에 집착하지 않고 물처럼 흐르면서 걸림 없는 자유를 누릴 줄 안다.

동선 스님은 지금도 은사에 대한 애틋함을 지니고 있다.

"은사 스님께서 입버릇처럼 하신 말씀이 있습니다. '전쟁터에서 천군만마를 살상하는 혈기를 지닌 사람은 많지만, 자신의 손가락 하나 자를 용기를 지닌 사람은 많지 않다. 타인이 아니라 자기를 이기는 사람이 최고의 강자라고요. 칼 같은 기봉을 지니신 분이었지만 저한테 손찌검을 하신 적이 없습니다. 제가 강원에 다닐 땐 용돈을 잡히는 대로 주셨다가도 도로 빼앗으셨어요. 돈 쓰는 재미를 알면 중노릇을 버린다고 생각하셨던 거죠. 그런가 하면, 제가 공부하는 데는 돈을 아끼지 않으셨어요. 강원의 수업을 녹음해서 들으라고 당시로서는 상당히 비싼 워크맨도 선뜻 사주셨어요. 은사 스님께서는 많은 공적을 남기셨는데 그 가운데 으뜸은 어린이 포교입니다. 월정사 주지로 재임하실 때 산간 오지에 있는 사찰부터 유치원을 설립하셨습니다. 그렇게 설립한 유치원이 10곳이 넘습니다. 덕행을 베풂으로써 사람들의 마음에 자비의 씨앗을 심으셨지요. 특히 선방에서 공부하는 납자들을 좋아해서 수좌를 만나면 주머니에 있는 돈을 모두 건네고 당신은 천리길을 걸어갈 정도였습니다."

예천 보문사에서 도명 스님이 병환에 시달릴 때도 동선 스님은 그 곁을 지키면서 시봉했다. 입적하기 직전 도명 스님은 제자에게 이런 말을 남겼다.

"배우려고 하면 처처에 선지식이 있을 것이다. 하지만 은사와 상좌, 사제 간의 법연은 지중한 것이니 내게서 배운 것들을 잊지 말거라. 지금처럼 앞으로도 양명하게 중노릇을 하면서 살면 된다. 나는 애써 깨달음에 집착하지 않았고, 오직 인간의 참다운 면목을 실현하고자 노력했다. 불교의 이상적 인격인 부처가 되는 것보다 괴로워하고 슬퍼하면서 본래의 나를 끌고 다니는 주인공을 찾으려고 노력했다. 그러니 내가 입적하거든 굳이 나의 행적으로 미화하지 말라."

# 불법의 이치를 찾아 떠난
## 10년간의 만행

은사가 열반한 뒤 동선 스님은 10년 동안 만행을 했다. 곳곳에 있는 선지식을 만나기 위해서였다. 때로는 밤하늘의 별빛에, 때로는 들국화 향기에, 때로는 눈의 무게를 이기지 못하고 쓰러지는 설해목雪害木에 불법의 이치를 깨닫는 기나긴 만행이었다. 그 와중에도 가까운 사찰의 새벽예불에 빠지지 않으려고 노력했다.

이 기간에 태국, 인도, 미얀마 등으로 성지순례를 다녀왔고, 동국대 불교대학원을 수료했다. 만행 끝에는 은사가 산주山主로 있었던 강원도로 돌아와 화암사 주지를 맡았다. 은사가 입적한 뒤 오랜 세월이 흘렀지만 태백준령에는 여전히 별과 달과 구름과 바람이 외따로이 존재하면서도 함께 어우러지는 이치를 보여줬다.

스님이 강원도로 돌아왔을 때 가장 먼저 반겨준 이는 은사의 도반인 오현 스님과 정휴 스님이었다. 정휴 스님의 가르침을 받들어 화암사 일주문에서 경내에 이르는 1킬로미터 진입로에 고승대덕 스님들의 선시 27편을 시비로 조성했다.

스님은 신흥사 조실이었던 오현 스님으로부터 웅산이라는 법호를 받았다. 이 법호에는 바다를 뒤집고 산을 거꾸러뜨릴 것 같은 기량을 보여줬던 도명 스님의 가풍을 이으라는 의미가 깃들어 있다. 스님에게는 동선이라는 법명과 웅산이라는 법호가 다르지 않다. 그 이유는 수행자의 지남指南이 분명하기 때문이다. 수행자의 지남을 묻는 질문에 스님은 즉답 대신 오현 스님의 시편 〈고목 소리 들을려면〉을 읊었다.

한 그루 늙은 나무도 고목 소리 들을려면
속은 으레껏 썩고 곧은 가지들은 다 부러져야
그 물론 굽은 등걸에 매 맞은 자국들도 남아 있어야

'한 그루 고목' 같은 수행자가 되는 길을 묻는 질문에는 도명 스님의 열반게 한 구절로 답을 대신했다.

오고 가는 것을 논하지 말라　　無論去與住
이르는 곳마다 나의 집이다　　隨處盡吾家

소리로 마음을 다스리고
대중을 교화하리라

◇ 동희 스님

---

스님은 박송암 스님 문하에서 범음과 범패를 배우셨고 중요무형문화재 제50호
영산재 이수자로 인증받으셨다. 현재 조계종 성보위원(무형분과), 동희범음회 이
사장이시며 한국예술종합학교 등에서 불교음악 및 무용을 가르치신다.

➤ 1995년 국립극장에서 개최된 영산대작법 공연을 마치고 무대를 내려올 때, 동희 스님의 머릿속으로 지나온 날들이 스쳐갔다. 그해는 스님이 태어난 지 50년이 되는 해이자 중요무형문화재 제50호 영산재 이수자 인증을 받은 해이기도 했다. 부모형제, 할머니와 은사인 상길 스님의 얼굴이 떠올랐다. 그리고 범패를 가르쳐준 박송암 스님의 엄한 목소리가 들렸다.

"범패는 깊은 계곡에서 들려오는 범종 소리와 같다. 천파만파의 파도를 그리되 속되지 않으며, 장인굴곡長引屈曲하고 일자다음一字多音하여 유장하고 심오한 맛이 있어야 한다. 또한 소리 없는 소리를 들을 줄 알아야 하고, 움직임 없는 움직임을 볼 줄 알아야 참다운 범패승이다."

범패를 가리켜 "소리 없는 소리"이자 "움직임 없는 움직임"이라고 가르치던 박송암 스님의 뜻을 그날은 조금이나마 알 것 같았다. 동희 스님은 무대를 내려오면서 어금니를 물며 마음을 다잡았다.

'더 비우리라. 그리하여 더욱 웅숭깊어지리라. 한을 넘어서 한을 다스리리라. 소리로 마음을 다스리고 소리로 대중을 교화하리라. 그

것이 송암 스님의 가르침에 조금이나마 보답하는 길이리라.'


## 눈물을 흘리거나
## 예불을 하거나


동희 스님이 절에 들어간 것은 여섯 살 때다. 경무대(지금의 청와대) 관료였던 아버지는 6·25전쟁이 발발하자마자 행방불명됐고, 어머니도 피란 중 소식이 끊겼다.

부모님을 여읜 후 형제들도 뿔뿔이 흩어져야 했다. 오빠와 동생은 이모가 데려갔고, 어린 스님만 할머니의 품에 남게 되었다. 하루아침에 벌어진 일이었다. 저녁이면 웃음소리가 끊이지 않던 기와지붕 아래에 숨 막히는 적요가 감돌았다.

아들을 잃은 황망함 때문이었는지 할머니는 염불을 하는 날이 점차 잦아졌다. 그러던 어느 겨울날, 할머니가 밖에 나갈 채비를 했다. 어린 손녀딸은 나들이를 가는 줄 알고 신이 나서 옷을 챙겨 입었다. 길 위에는 함박눈이 소복하게 쌓여 있었다.

할머니 손에 이끌려 따라간 곳은 동대문 밖에 있는 청량사였다. 스님들과 노느라 정신을 놓은 사이 할머니가 보이지 않았다.

"할머니는 일부러 나를 절에 데리고 온 것이었어요. 단발이었던 머리를 절에 오기 전 바투 깎은 것만 봐도."

청량사에 혼자 남은 스님은 바로 삭발을 했다. 숫돌에 간 삭도로 머리를 자르고 나니 세숫대야 물 위에 동승童僧의 얼굴이 비쳤다. 눈물이 났다. 어릴 적 스님의 생활은 둘 중 하나였다. 눈물을 흘리거나, 슬픔을 삭이려 예불을 하거나. 남몰래 우는 일은 열 살 때까지 이어졌다.

아홉 살 되던 해, 스님은 할머니가 못 견디게 보고 싶어서 절 밖으로 나갔다. 행여 집을 찾다가 길을 잃을까 봐 몇 달 전부터 준비했다. 첫날에는 1킬로미터, 둘째 날에는 2킬로미터, 셋째 날에는 5킬로미터. 매일 조금씩 왔던 길을 연장해서 갔다가 다시 돌아오기를 반복했다. 이제 됐다 싶었을 때 스님은 절을 빠져나왔다. 문을 나서자 걸음이 빨라졌다. 할머니에 대한 그리움이 걸음을 재촉했다.

스님은 가쁜 숨을 몰아쉬며 한걸음에 집까지 갔다. 대문을 열고 마당에 들어서니 집도 할머니도 예전 모습 그대로였다.

"할머니, 제가 왔어요."

그런데 할머니가 반기기는커녕 놀란 기색을 감추지 못했다.

"저는 스님 같은 손녀를 둔 적이 없습니다. 집을 잘못 찾아온 모양입니다."

할머니는 허공에 시선을 두고서 손녀를 애써 외면했다. 표정만큼이나 냉랭한 할머니의 대답이 마당의 공기를 갈랐다. 스님은 뭐라고 말을 해야 할지 몰라 한참을 멍하니 서 있다가 조용히 집을 빠져나왔다.

"할머니의 마지막 뒷모습은 보지 못했어요. 아마 할머니도 울고 있었을 거예요. 돌이켜보면 그때 할머니의 뒷모습을 보지 않은 게 다행이라는 생각이 들어요. 파도치듯 흔들리는 할머니의 어깨를 봤다면 내 마음에도 쉬이 지워지지 않을 멍이 남았을 테니까요. 당시에는 나를 외면하는 할머니가 밉기만 했는데, 세월이 흐르고 나니 할머니의 심정도 이해가 갑니다. 억지로 정을 떼야 했던 할머니의 마음은 얼마나 아팠을까요."


## 냄비 뚜껑을 들고
## 바라춤을 추다

청량사로 돌아온 후 스님은 바라춤에 매진했다. 부모님을 여의고 할머니에게조차 외면당하는 상황이다 보니 마음속에 타오르는 서러운 감정을 어떻게든 해소해야 했다. 이미 예불은 물론이고 천수경, 불공, 관음시식까지 모두 배운 터라 진척이 빨랐다. 범패만이 마음의 벗이 돼주었다. 바라춤을 추면 부모님에 대한 그리움도, 할머니에 대한 원망도 잊을 수 있었다.

스님은 틈만 나면 바라 대신 냄비 뚜껑을 들고 연습했다. 때문에 후원의 냄비 뚜껑이 남아나지 않을 정도였다. 사찰의 저녁 종소리가 끊기고 일과가 끝나면 스님은 냄비 뚜껑을 몰래 묻어놓은 인근 야산

으로 가서 범패를 쳤다. 밤하늘에 별이 반짝일 때면 가슴속 그리움
도 그윽한 범패의 음률에 녹아 깊은 심연으로 흘러가곤 했다.

하지만 독학으로 범음梵音을 배우는 데에는 한계가 있었다. 남들
은 토씨 하나 안 틀리고 〈백발가〉며 〈회심곡〉을 읊는 동승을 신비한
눈으로 바라봤지만 정작 스님은 자신의 소리가 마뜩치 않았다. 소리
의 길이 막힐 때마다 가슴에 불덩이가 타는 것 같았다. 스승이 필요
했다.

스님은 열두 살 때 박송암 스님을 만났다. 어장魚丈(범패를 가르치
는 스님)인 박송암 스님이 청량사에 재齋를 지내러 온 것이다. 배움에
목말랐던 스님은 은사인 상길 스님의 허락도 구하지 않은 채 박송암
스님의 뒤를 따랐다. 신촌 봉원사와의 인연이 그렇게 시작되었다. 그
날 이후 스님은 하루가 멀다 하고 봉원사를 찾아갔고, 그 과정에서
스님의 소리도 점차 깊어갔다.

세월이 흐르고 잔주름이 늘어가는 동안 스님은 상주권공을 시작
으로 각배, 영산, 안차비, 짓소리를 수료했고, 국내외 사찰에서 봉행
하는 영산재, 수륙재, 예수재를 집전했다. 물론 그 대가는 치러야 했
다. 종아리에 회초리 자국이 사라질 날이 없을 정도로 박송암 스님
의 가르침은 혹독했다. 의식 도중 잘못하는 부분이 있으면 대중이
있거나 없거나 불호령이 떨어졌다.

"네 스승이 누구냐!"

"……"

"그 스님은 그렇게 가르치더냐? 가서 그 스님에게 다시 배워라."

대중 앞에 불려 나가 꾸지람을 듣는 게 예사였다. 재를 마치고 돌아오는 길에는 싸리나무를 한 다발 꺾어 들고 가야 했다. 그러한 교육은 세랍 50세가 넘도록 계속됐다. 박송암 스님은 한 치의 실수도 용납하지 않았다. 하루는 너무 섭섭한 나머지 박송암 스님에게 조심스럽게 물었다.

"저는 언제나 혼이 안 날까요?"

"지금도 잘하지. 그래도 더 잘하라고 그러지."

스님의 자애로운 말을 듣고서야 그토록 모질게 대한 까닭을 조금은 알 것 같았다. 2002년 2월 박송암 스님이 열반에 들 때까지 그림자처럼 시봉했으니 근 반세기를 하루같이 모신 것이다. 박송암 스님이 열반에 든 후 동희 스님은 주체할 수 없는 마음에 2년간 우울증에 시달렸다. 그때도 힘이 돼준 것은 "바른 범음의 길을 가라."던 박송암 스님의 유훈이었다.


## 세상의 낮은 것들을
## 품어 흐르는 물처럼

범패승인 까닭에 동희 스님의 음악관과 수행관은 고스란히 일치한다. 음악 중에서도 수행을 전제로 하는 범음을 했기 때문이다.

하루는 재를 마치고 나오다가 염불은 사람의 소리가 아니고, 승무는 사람의 몸짓이 아니라는 생각이 들었다. 그러자 염불은 자연의 소리이고, 승무는 자연의 몸짓인 것처럼 느껴졌다.

'돌을 만나면 에돌아가는 물처럼 흘러가는 소리여야 하고, 바람이 불면 온몸을 맡기는 나뭇가지처럼 흔들리는 춤이어야 한다.'

그 순간 스님은 깨달았다. 불교 의식은 가장 자연스러운 소리여야 하고, 가장 자연스러운 몸짓이어야 한다는 것을. 스님은 범패를 행하는 이의 정신이 고귀해야만 범패도 고귀해진다는 신념을 지니고 있다. 소리에도 길이 있어 흐를수록, 굴곡질수록 깊어지면서 세상의 모든 낮은 것들을 품어 안는다.

스님의 수행자 생활은 역사의 비극인 6·25전쟁에서 비롯되었다. 그래서인지 스님은 평생 동안 영산재의 공덕게를 통해 자신의 부모님을 비롯한 수많은 영가를 천도해왔다.

'불법 아래서는 삶과 죽음도 그 어떤 분별이 없다. 모든 것이 불이不二인 것이다.' 영산재를 봉행할 때마다 스님이 가슴에 새기는 진리다.

원컨대 이 법회의 공덕 모든 생명과 나누어서
나와 중생들이 모두 극락세계에 태어나고
아미타불 친견하여 다 함께 불도를 이루게 하소서.

원이차공덕 보급어일체 願以此功德 普及於一切

아등여중생 당생극락국 我等與衆生 當生極樂國

동견무량수 개공성불도 同見無量壽 皆共成佛道

내가 사라져도 장엄한    그림만은 남기를

◇ 만봉 스님

스님은 예운화상 문하에서 불화를 배운 뒤 일평생 마음의 화폭을 닦다가 2006
년 열반에 드셨다. 조계사 단청을 비롯해 경복궁, 경회루, 보신각 그리고 금강산
표훈사, 유점사 등에 단청과 불화를 남기셨다. 인간문화재 제48호 단청장으로
지정되셨다.

꽃은 절정의 찰나 영겁에 든다. 그리하여 유한성을 넘어서 영원성에 닿는다. 만봉 스님이 그린 수많은 단청도 그러하다. 단청은 죽은 나무기둥에 꽃을 피우는 것이므로.

만봉 스님의 은사는 예운 화상이다. 예운 스님은 항상 붓을 잡기 전에 마음의 화폭을 잘 닦으라고 했다. 만봉 스님은 제자들을 가르치면서 은사의 말씀을 가슴속에 아로새겼다.

"요즘 젊은이들은 단순히 손으로만 불화를 그리려고 합니다. 붓을 쥐고 있는 건 손이지만, 그 붓을 움직이는 건 바로 마음입니다. 내가 90여 년간 나무와 종이에 꽃씨를 뿌리면서 깨달은 것은 그림을 그리기에 앞서 마음을 비워야 한다는 것입니다. 세상에 화승畫僧은 많지만 금어金魚는 흔치 않습니다. 불화를 최고의 경지에서 그려내어 부처님을 화현케 하는 것이 바로 금어입니다. 그런데 지극한 불심도 없이 어찌 금어가 될 수 있겠어요?"

만봉 스님은 손에 붓을 쥔 뒤로 오직 꽃과 불보살님밖에 모르고 살았다. 1년 열두 달 꽃만 그렸기에 마음은 항상 봄날이었고, 사시사철 불보살님만 그리워했기에 항상 화엄세계였다. 꽃을 그리는 단청 작업이 수행이었던 까닭에 만봉 스님은 삶을 꽃으로 비유했다.

"지나온 세월이 초저녁 풋잠에 꾼 꿈처럼 짧게 여겨집니다. 고된 줄도 모르고 시부저기 흘러간 날들을 돌아보면 삶이라는 게 그저 꽃 같아요."


## 부지깽이 들고
## 흉내 내기 시작한 불화

만봉 스님은 1909년 연안 이 씨 집안의 5대 독자로 태어났다. 아버지가 종로에서 포목상을 했기 때문에 나름대로 부유한 살림이었다. 그런 아버지에게 한 가지 걱정이 있었으니, 바로 가문을 이을 아들이 없다는 것이었다. 부모님은 수시로 절에 가서 아들을 점지해달라고 빌었고, 그런 정성 끝에 5대 독자가 태어났다. 어릴 적 스님은 집안의 귀여움을 독차지하며 항상 아버지의 무릎 위에서 놀았다.

그런 독자가 절에 들어가게 된 것은 한 역술가의 말 때문이었다. 역술가는 "아이의 명이 짧으니 이를 피할 길은 출가뿐"이라고 했다.

만봉 스님이 봉원사에 들어간 것은 여섯 살 때다. 그때 처음으로 울긋불긋한 단청을 보았다. 여기저기 꽃들이 피어난 봄날의 과원果園에 서 있는 것 같았다.

하지만 어머니의 젖을 만지며 한창 어리광을 부릴 나이라 집이 그리워서 우는 날이 많았다. 천방지축 뛰어다니다가 스님들에게 혼도 많이 났다. 그때마다 마음을 달래준 건 불화였다. 스님은 시간만 나면 화승들이 작업하는 곳을 기웃거렸다. 그리고 어깨너머로 본 것을 부지깽이를 들고 흉내 내곤 했다. 그런 모습이 기특했던지 어느 날 예운 스님이 제자로 받아줬다. 만봉 스님의 나이 여덟 살 때였다.

"은사 스님은 자비로운 분이었지만 교육에 임하는 순간만큼은 고드름처럼 차갑고 날카로웠어요."

만봉 스님은 은사와의 법연이 삼세의 인과로 맺어진 것이라고 여겼다. 스래서 10년가량 은사가 일러준 대로 그리고 또 그렸다. 온종일 똑같은 그림을 반복해서 수백 장씩 그리는 일은 여간 고단한 게 아니었다. 스님에게 그림을 그리는 일은 수행이었다. 겸손할 줄 아는 하심下心을 가르쳐줬고, 마음을 잔잔한 수면처럼 만들게 하는 평상심도 일깨워줬다.

그렇게 10여 년을 보낸 뒤 스님은 금어가 되었다.

"얼치기 금어였어요. 열여덟 살이라는 나이가 걸렸던지 은사 스님은 내게 단청을 지휘하는 권한은 주시지 않았어요."

금어는 10여 단계의 단청 작업을 총지휘한다. 만봉 스님은 2년 동안 멀뚱히 다른 금어 스님이 하는 일만 부러운 눈으로 쳐다봤다. 은사는 어린 제자에게 곧바로 일을 맡기면 아만我慢이 생길까 봐 약간의 유예기간을 뒀던 것이다.

# 금어가 되고 봉원사로
## 정식 출가하다

만봉 스님이 처음으로 총감독을 맡은 것은 조계사의 단청 공사였다. 평양의 황건문을 조계사 일주문으로 쓰게 돼 절의 품격에 맞게 불사를 진행했다.

금어가 됐다는 것은 만봉 스님에게 또 하나의 특별한 의미가 있었다. 금어가 되고 봉원사로 정식 출가한 스님이 된 것이다. 불교전문강원에 입학해 《초발심자경문》도 배우고 범패도 익혔다. 범패는 근대불교 범음의 효시라고 할 수 있는 월하 스님에게서 직접 지도받았다. 영산재의 짓소리(게송을 길게 읊는 소리)까지 배웠으니 얼치기 범패승은 아니었다. 범패와 경전 공부도 재미있긴 했지만 단청에 비할 바는 아니었다.

"중이라면 글도 범패도 능해야 한다고 생각했어요. 그래야 대중의 마음을 위무할 수 있으니까요. 하지만 어느 정도 범패와 경전을 익힌 뒤 다시 단청과 불화에만 몰두했어요. 물론 불법을 찬탄하고 그 오묘한 진리를 세상에 널리 알린다는 점에서 경전, 범패, 불화가 모두 동일합니다. 하지만 제 근기에는 불화가 안성맞춤이었어요. 부처님께서 법을 설하실 때 세상에 내리는 꽃을 두고 이르는 말이 만다라화입니다. 제가 꿈꿨던 그림이 바로 만다라화입니다."

만봉 스님이 단청장으로 지정된 것은 1972년이다. 흔히 불화보다 단청이 쉬울 것이라고 생각하는데 실제로는 그렇지 않다. 단청을 그리기 전에 먼저 불화를 배워야 하고, 초등과에 해당하는 시방초를 3,000장 이상 그려야 천왕초를 그릴 수 있다. 천왕초란 사천왕상을 3,000장 그리는 것을 일컫는다. 그런 후에야 부처님을 그리는 여래초에 손댈 수 있다. 물론 여래초도 3,000장을 그려야 한다.


## '나'라는 허깨비를
## 지우기 위하여


"불화를 그릴 때는 꿈속에서 불보살님들을 만났어요. 꿈속에서 불화를 그리다가 불화 속으로 들어가곤 했죠. 영산회상도 속으로, 아미타후불도 속으로, 비로자나후불도 속으로, 약사여래후불도 속으로, 지장시왕도 속으로, 관세음보살도 속으로 들어가 저는 사라지고 종내 그림만 오롯이 남았죠."

단청을 그릴 때도 마찬가지였다. 만봉 스님에게 만다라화는 '나'라는 허깨비를 지울 수 있는 자리였다. 만봉 스님은 잠에서 깨어나면 염불을 하며 이렇게 염원했다.

'꿈속에서처럼 나와 그림이 하나 되기를. 그리하여 내가 사라지고 없어도 장엄한 그림만은 남기를.'

9,000장의 초를 다 그리고 나자 마음에 점안을 한 것 같았다. 8만 4,000 법문을 색으로 표현하는 게 바로 금어의 업業인지도 모르겠다. '깨달음의 꽃'을 피우기 위해 정진한다는 점에서 선승과 화승이 다르지 않을 것이다.

만봉 스님은 2006년 5월 녹음이 한창인 절기에 입적해 법체가 연화대에 올랐다. 허공 높이 타오른 다비장의 불꽃은 다름 아닌 스님이 살아서 그렸던 연화장 세계였다.

만봉 스님은 가고 없어도 스님이 남긴 단청의 꽃씨들은 여전히 만개해 있다.

# 대충 스님에게서 배운 천태지관의 선미 禪味

◇ 무원 스님

스님은 대충 스님을 은사로 모시고 구인사에서 출가하셨다. 부산 삼광사 주지,
천태종 총무부장, 총무원장 직무대행, 한국종교연합 URI-Korea 공동대표 등
을 역임하셨다. 현재 대전 광수사 주지로 계신다.

▶ 무원 스님은 1958년 강원도 강릉 주문진에서 태어났다. 5남매 중 막내라 부모님과 형제들의 귀여움을 받으면서 자랐다. 아버지는 농사를 지었고, 어머니는 조그만 두부공장을 운영했다.

어릴 때 꿈은 찐빵을 양껏 먹는 것이었다. 스님은 어머니가 두부를 만들 때 옆에서 심부름을 자처했다. 어머니에게 도움이 되는 것이 기뻤고, 일을 마친 뒤 어머니가 사주시는 찐빵이 달고 맛있었다. 그렇다고 해서 어머니에게 찐빵을 더 사달라고 조르지는 않았다. 어린 나이에 이미 지족知足의 지혜를 알았던 것이다.

초등학교 6학년 때 아버지가 위장병으로 돌아가시자 스님의 성격이 바뀌었다. 줄지어 늘어서 가던 상여 행렬과 무덤 위 황토에 얼굴을 묻고 울음을 터뜨리던 어머니의 모습이 뇌리에서 좀처럼 지워지지 않았다. '사람은 어디에서 와서 어디로 가는가?'라는 삶의 근원적 화두를 마음에 품게 되었다.

화두를 풀기 위해서 스님은 불교 서적을 탐독하기 시작했다. 당시 인상적으로 읽은 책이 청담 스님의 《잃어버린 나를 찾아서》와 《육조단경》이었다. 세상의 주인공은 자기 자신이며, 참된 자아를 발견하기 위해서는 마음공부를 해야 한다는 것이 두 책의 공통점이었다. 스님은 마음의 주인공을 찾기 위해서 주문진 밤바다를 보러 가는 일이 잦았다. 그러다 급기야 아무도 살지 않는 오대산의 퇴락한 암자에 들어갔다. 허물어져 가는 벽을 보며 낮밤 없이 좌선 수행하는 일상을 이어가던 어느 날 어머니가 찾아왔다.

"막내야, 네가 출가를 한다고 해도 반대하지 않으마. 그러나 부처님의 가르침을 배우려면 스승이 있어야 한다. 단양의 구인사에 생불이 계시다 해서 내가 한번 가보니 도량이 깊고 영험하더구나."

어머니는 직접적으로 말하지는 않았지만, 우회적으로 구인사로 출가할 것을 권유했다.


## 중생을 보살피는
## 관세음보살의 심정으로

어머니가 암자에 다녀간 후 며칠이 지나서 돌아가셨다는 기별을 들었다. 독실한 불자였던 어머니의 장례에는 희찬 스님을 비롯해 월정사의 고승대덕 스님들이 직접 와서 염불을 해줬다. 어머니의 장례를 마친 뒤 스님은 다시 기거하던 암자로 돌아갔다. 그렇게 홀로 3년간 수행했으나 진척이 없었다. 머리카락이 자라도 자르지 않다 보니 허리까지 내려와 있었다.

어느 날 새벽, 먼동이 터오는 것을 보며 스님은 어머니가 유언처럼 남긴 말을 떠올렸다. 그길로 바랑을 짊어지고 무작정 구인사로 향했다.

구인사는 소백산의 제4봉인 도솔봉 기슭에 있었다. 도솔봉의 도솔은 도솔천에서 따온 것이다. 도솔천은 미륵보살이 머물고 있는 천상의 정토다. 구인사는 산봉우리들이 마치 연꽃잎처럼 겹쳐진 연화지에 자리 잡고 있었다. 언뜻 봐도 신묘함이 깃든 도량임을 짐작할 수 있었다.

무원 스님은 먼저 출가한 선배 스님으로부터 구인사의 역사에 대해 들었다. 대한불교천태종의 총본산인 구인사는 애초 칡덩굴로 만든 삼간초암이었다. 1945년 상월 원각 스님이 '억조창생億兆蒼生 구제중생救濟衆生 구인사救仁寺'라는 현판을 걸고 그곳에서 수행정진한 끝에 큰 깨달음을 얻었다. 이 땅에서 500년 동안 은몰됐던 천태종이 중창되는 순간이었다. 상월 원각 스님은 1967년 대한불교천태종을 정부에 등록했다.

구인사는 산골짜기에 자리한 절임에도 많은 신도가 몰려와 기도를 드리고 있었다. 무원 스님도 신도들 틈에 끼어서 3일 기도를 올렸다. 구인사 스님이 시키는 대로 지관止觀 수행법을 따랐더니 마음속 깊은 곳에서 환희심이 일어났다. 그 환희심은 혈관을 타고 온몸으로 퍼져나갔다.

지관은 천태대사 지의 스님이 주창한 수행법이다. 지의 스님은 천태종을 개창한 조사로서 불교의 8만 4,000 법문을 지·관 이문二門으로 요약했다. '지止'는 마음속에 일어나는 번뇌를 없애는 것이고, '관觀'은 이 세상의 실상을 바로 보는 것이다. 지관 수행의 목적은 존재하는 모든 것은 무상無常하고 실체가 없다〔無我〕는 것을 깨닫는 데 있다.

무원 스님은 3일 기도 끝에 이런 생각을 갖게 됐다.

'이 세상의 모든 것은 실체가 없으나 현상은 엄연히 존재한다. 하지만 이 현상은 곡두와 같은 것이니, 있다는 것에도 없다는 것에도 집착해서는 안 된다.'

3일 기도를 마친 스님은 충북 제천의 한 여인숙에서 하룻밤을 묵었다. 그리고 다시 구인사로 발길을 돌렸다. 정식으로 출가하기 위해서였다. 출가 원력을 세웠음을 밝히자 대충 스님이 유심히 살펴본 뒤 말했다.

"앞으로 설선당에서 머물도록 해라. 중생을 살피는 관세음보살의 심정으로 사무치도록 100일간 기도를 드려라."

근기를 시험해보려는 것이었다. 스님은 그 말대로 관세음보살의 심정이 되어보려고 노력했다. 그런데 문제는 수마睡魔였다. 구인사의 수행 가풍은 낮에는 일하고 밤에는 수행하는 것이었다. 육신이 피곤하니 졸음이 견딜 수 없이 밀려왔다. 하루는 대충 스님을 찾아가 속내를 털어놨다.

"어떤 날에는 피곤해서 수행에 전념할 수가 없습니다. 어떻게 하면 좋겠습니까?"

《천태소지관天台小止觀》에 이르길, '잠이란 무명과 현혹과 전복을 부르니 이를 방종해서는 안 된다. 잠이 지나치면 성인의 법을 닦지 못할 뿐 아니라 공부를 상실하여 마음이 어두워지므로 선근善根이 사라지게 된다.'고 했다. 그러니 마땅히 무상함을 깨닫고 수면을 조절하여 정신을 맑게 해야 한다. 그리하면 삼매를 맛볼 수 있을 것이다."

대충 스님의 말씀을 듣고 나니 오히려 자신이 부끄럽게 느껴졌다. 죽음을 불사하겠다는 굳은 결심도 없이 어떻게 바른 수행을 할 수 있겠는가. 설선당에 머물고 있는 나이 많은 어른들을 보며 무원 스님은 생각했다.

'저런 노인들도 낮에는 일하고 밤에는 기도를 드리는데, 젊은 내가 그것을 못한다면 부끄러운 노릇이다.'

다시 발심한 무원 스님은 물러섬 없는 수행을 이어갔다.


## 마음의 작용을 알면
## 참다운 나의 주인

기도를 올리기 시작한 지 49일째 되었을 때 무원 스님은 이루 형언할 수 없는 환희심을 맛보았다. '불교 공부는 결국 마음공부다. 마음자리를 찾는다는 것은 일심一心의 근원으로 돌아가는 것이다. 일심의 근원이란 부처와 중생이, 정토와 예토가, 유무有無가, 성상性相이, 주객主客이 둘이 아닌 자리'라는 상월 원각 스님의 가르침이 가슴을 파고들었다.

이튿날 새벽, 울력을 나서는데 대충 스님이 불러 세웠다. 대충 스님은 속을 꿰뚫어 본 듯 이렇게 말했다.

"'귀일심원歸一心源'이라고 했다. 흔히 말하는 마음자리란 마음의 작용에 다름 아닌 것이다. 이 마음의 작용을 알면 참다운 나의 주인이다. 오늘 사미계를 내릴 테니 준비하도록 해라."

무원 스님은 49일 기도를 마친 뒤 대충 스님을 은사로 모시고 사미계와 보살계를 수지했다. 삭발염의를 해준 사람도 대충 스님이었다. 사미계를 수지한 뒤 3년간 행자생활을 거쳐야 했다. 무원 스님은 이 기간은 물론이고 지금까지도 은사를 시봉하는 데 조금도 소홀함이 없다.

구인사에 50여 채의 전각과 당우들이 세워지는 동안 무원 스님은 도반들과 함께 은사를 도와 불사에 전념했다.

장엄함의 극치를 보여주는 대조사전에는 상월 원각 대조사의 가르침에 충실하고자 하는 종도들의 굳은 의지가 담겼다. 따라서 대조사전은 구인사에서 가장 높은 곳에 위치한다. 대조사전에 사용된 목재는 태백산 적송으로 44만 6,000재나 된다. 대조사전 지붕에는 특

수 제작된 황금기와 4만여 장을 올렸다. 삼강전은 상월 원각 대조사가 수행했던 삼간초암 자리에 세워졌다. 삼강전 5층 법당은 1980년 낙성 당시 국내 최대의 법당이었다. 천태종역대조사전에는 한국과 중국의 역대 천태 조사들의 존상이 봉안됐다.

무원 스님은 은사를 모시고 천태종의 유물을 수집 봉안하는 데도 최선을 다했다. 천태종의 개창조인 대각국사 의천 스님의 업적 중 하나가 당시 동아시아에 산재한 역대 고승들의 경전에 대한 논소論疏를 수집한 뒤 흥왕사에 교장도감을 설치하고 교장敎藏을 간행한 것이다. 이러한 역사적 전통을 바탕으로 천태종은 중창 이후 천태종 경전 수집과 연구에 매진해왔다.

행자생활을 마친 뒤 무원 스님은 천태종의 주요 소임을 맡아 종단 발전의 견인차 역할을 했다.


통일불사의
완성을 위하여


대각국사가 주석했던 개성 영통사 복원 낙성식에서 조국통일기원 공동발원문을 낭독하는 무원 스님의 목소리는 그 어느 때보다도 우렁찼다. 2년여 동안 개성과 평양, 베이징을 오가며 통일불사의 완성을 위해 종횡무진 달려온 무원 스님의 노고가 그대로 오관산 자락을 울리는 순간이었다.

북측으로부터 첫 연락을 받은 것이 2000년, 5년간의 노력 끝에 영통사 복원 낙성식을 봉행할 수 있었다. 북한 불교계와의 대화와 협상을 주도한 사람이 무원 스님이었다.

천태종 총무국장 소임을 보던 2000년에 무원 스님은 영통사 복원의 밑그림을 그렸다. 스님이 처음으로 영통사를 방문한 것은 실질적인 지원이 이루어진 1차 기와 지원 때였다. 개성 시내를 지나 오관산 자락에 접어들 때 스님은 가슴 뭉클함을 느꼈다. 당시 북한은 고난의 행군 시기로 주민들이 굶주림에 허덕이고 있었다. 개성을 국제관광지로 만들고자 했던 북한의 원대한 포부가 영통사 복원의 원동력이 되었다. 북한과 협상 끝에 애초 해상으로 운반하려 했던 기와가 경의선 육로를 통해 북측에 전해질 수 있었다.

무원 스님은 천태종의 동량으로서 종단의 크고 작은 불사에 관여하느라 눈코 뜰 새가 없었음에도 꾸준히 지관 수행을 해왔다.

천태종은 1400여 년 전 중국 수나라 개황 14년(594) 중국의 지자대사가 《법화경》을 중심으로 하는 교학 이론과 일심삼관一心三觀의 선정수행법을 통해 선禪과 교敎를 함께 닦아야 함을 설하면서 생긴 종파다. 지자대사가 주로 머물렀던 산이 천태산이므로 그 이름을 따서 천태종이라고 한 것이다.

우리나라의 천태교학은 삼국시대에 이미 도입됐으나 정식으로 천태종이 개립된 것은 고려 숙종 2년(1097)이다. 대각국사 의천 스님이 개성 국청사에서 설립한 천태종은 이후 고려 말기까지 고려 불교의 중심 종단으로서 우리나라의 불교사상은 물론 신앙사에 지대한 영향을 끼치며 발전을 거듭해왔다. 그러나 조선시대 억불정책으로 500년 동안 역사 속에 은몰돼 그 뿌리를 찾을 수 없을 지경에 이르렀다. 근세에 이르러 상월 원각 대조사가 천태종을 중창하며 애국불교·생활불교·대중불교의 3대 지표를 세웠다.

천태종의 지관 수행에 대해 무원 스님은 이렇게 설명했다.

"일심삼관의 선정은 조금도 어려울 게 없습니다. 중요한 것은, 수행은 알음알이가 아니라는 것입니다. 수행에 의한 깨달음은 문자를 통해 습득되는 지식이 아닙니다. 이 사실을 알면 일심삼관의 선정이 무엇인지 조금 더 쉽게 이해할 수 있습니다. 실제로 저는 여러 불사를 하면서도 염불선을 놓지 않았습니다. 일념으로 염하면 염불하는 자와 염의 대상인 불보살님이 둘이 아닌 하나의 경지에 이르게 됩니다. 이를 일컬어 염불삼매라고 합니다."

무원 스님은 "서원은 불보살의 마음"이라고 강조했다. 법장보살의 서원이나, 관세음보살의 서원이나, 지장보살의 서원이 모두 중생을 구제하는 데 목적이 있다. 이는 천태종 종기宗旗에 새겨진 3개의 원인 공空, 가假, 중도中道의 진리가 다르지 않은 것과 같은 이치다. 천태종은 이 세 가지가 일체중생이 사는 모든 세계에 편재된 진리라고 가르친다. 이 세 가지 진리는 독립적으로 존재하는 것이 아니라 서로 융화하며 의지하고 있는 것이다.

이는 마치 은하수의 별들이 각기 빛을 내면서도 어우러져 별자리와 별밭을 만드는 것과 같다. 그리고 천태종의 많은 사찰에서 스님들과 신도들이 어우러져 염불삼매에 드는 것과 다르지 않다.

# 출가란 참 안온한 길이다

◇ 본각 스님

---

스님은 어머니 품에 안겨 산문에 든 뒤 육년 스님을 은사로 모시고 출가하셨다.

동국대 철학과 졸업 후 일본 릿쇼 대학에서 석사 학위를, 고마자와 대학에서 불

교학 박사 학위를 받으셨다. 현재 고양 금륜사 주지, 전국비구니회 부회장이시다.

❯ 본각 스님에게 출가는 선택의 여지가 없는, 이미 정해진 운명이었다.

　　스님은 경남 합천에서 2남 4녀 중 막내로 태어났다. 가난한 선비 집안의 막내였던 아버지는 제대로 글공부를 못 했기에 자녀들에 대한 학구열이 남달랐다. 아버지는 6남매를 키우는 일에 온 정성을 쏟았다.

　　1952년, 전쟁의 포화 소리가 한창일 때였다. 아버지가 갑작스럽게 급성 맹장염으로 세상을 떠났다. 남편을 잃은 어머니는 고모의 권유로 성철 스님을 만났다. 그 짧은 만남은 6남매가 모두 불제자가 되는 법연으로 이어졌다.

　　스님의 큰오빠는 아버지의 49재를 마치자마자 집으로 돌아와 신변을 정리했다. 그리고 곧바로 통영 안정사 천제굴에서 수행하던 성철 스님에게 귀의했다. 큰오빠의 나이 열다섯 살 때였다. 그리고 1년 뒤 큰언니가 오빠의 뒤를 따라 출가했다.

　　남편을 보내고 믿고 의지했던 두 자식마저 출가하자 어머니도 출가를 결심했다. 가족사진을 모두 불태우고 살림을 처분한 뒤 어린 자식들을 데리고 태백산 홍제사로 향했다.

# 부처님 품안에서
# 다시 태어난 6남매

어릴 적 본각 스님에게는 절이 곧 집이었다. 태백산 홍제사로 출가한 일가족의 신변을 책임진 사람은 석남사 인홍 선사였다. 인홍 스님은 인천 부용암의 육년 스님에게 본각 스님을 맡겼다. 이후 본각 스님은 자애로운 은사 스님의 사랑을 받으면서 어려움 없이 자랐다.

당시 부용암에는 전쟁으로 상처 받은 많은 이들이 육년 스님을 의지해 살아가고 있었다. 육년 스님은 부모를 여읜 아이들과 노숙자들을 보살피는 관세음보살의 화현이었다. 대식구의 생계를 책임지느라 매일같이 중노동이 이어졌지만 단 한 번도 얼굴을 찡그리는 법이 없었다.

육년 스님은 밤이면 본각 스님의 일과를 점검했다. 하루도 빠짐없이 《천수경》을 외우게 하고, 한글을 쓰게 했다. 그래서 본각 스님에게는 겨울밤이 유난히 길었다. 어떤 날에는 꾀가 나서 은사 스님이 오기 전에 잠든 척을 하기도 했다. 그럴 때면 은사 스님은 다락에서 생밤을 가져와 껍질을 깠다. 은사 스님이 밤을 깨물어 먹는 소리에 본각 스님은 침을 꿀떡 삼켰다.

"그만 일어나라."

그 말에 못 이기는 척 눈을 비비며 일어나서 은사 스님 곁으로 다가갔다. 은사 스님 앞에는 살짝 마른 생밤이 소복이 쌓여 있었다. 생밤을 보자 머쓱했던 마음도, 《천수경》을 외울 걱정도 눈 녹듯 사라졌다. 은사 스님과 함께 생밤을 먹으면서 보낸 겨울밤은 따뜻했다.

본각 스님은 열네 살이 되자 거처를 옮겼다. 석남사 혜춘 스님과 불필 스님이 본각 스님을 가르치려고 데리러 왔던 것이다. 당시 석남사는 인홍 스님의 지도 아래 참다운 출가정신을 회복하려는 운동이 한창이었다. '하루 일하지 않으면 하루 먹지 말라'는 《백장청규百丈淸規》의 가르침을 따라 수행자라면 마땅히 매일 일정량의 노동을 해야 했다.

본각 스님은 석남사에서 사미니의 습의習儀를 받았다. 인천 용화사의 전강 스님과 송담 스님으로부터 이미 사미니계를 수지하고 본각이라는 법명을 받은 후였다. 하지만 원체 어릴 때의 일이라서 법명만 기억할 뿐이었다.

석남사에는 인홍 스님을 위시해 쟁쟁한 스님들이 주석하고 있었다. 본각 스님은 출가수행의 법도가 확립된 석남사에서 사미니의 습의를 받았다는 사실만으로도 자긍심을 가질 수 있었다. 때마침 속가의 큰언니와 둘째 언니도 그곳에서 수행하고 있었다. 본각 스님에게는 석남사 대중이 모두 어머니였다. 불필 스님, 혜주 스님, 법용 스님, 백졸 스님, 적조 스님이 국민학교 과정의 학과목과 불경 공부를 지도했고, 혜근 스님이 지극정성으로 먹는 것과 입는 것을 챙겨주었다.

본각 스님은 지금도 고집 센 자신을 자비로 이끌어준 인홍 스님에 대한 감사함을 잊지 않고 있다. 인홍 스님은 손님이 오는 날이면 본각 스님에게도 깍듯이 존댓말을 썼다. 어린 사미니에게 예의를 가르치기 위함이었다. 그 모습을 보며 본각 스님은 '인홍 스님처럼 점잖은 어른이 되자.'고 다짐하곤 했다. 석남사에서 사미과를 배우면서 본각 스님은 출가정신을 몸에 익혔다.

## "시집가고 싶으면
## 가거라"

1966년 초봄, 본각 스님은 더 큰 배움을 위해 호거산 운문사 강원으로 거처를 옮겼다. 운문사 개울에 다리가 없던 시절이라 가는 데 제법 고생을 했다. 처사들이 짐을 지게에 지고 가지산을 넘어 운문사 강원까지 옮겨줬다. 산을 넘는 데 꼬박 하루가 걸렸다.

이후 본각 스님은 운문사에서 3년간 사집四集을 배웠다. 당시 운문사 대중 가운데 본각 스님이 가장 어렸다. 막내여서 귀여움도 많이 받았지만 그만큼 책임감도 컸다. 본각 스님은 간경에 심혈을 기울였는데, 《서장書狀》을 전부 외우려고 하루에 500번이나 읽기도 했다.

사집과를 졸업할 무렵이었다. 방에 초벌 벽지를 바르려고 준비한 신문에서 '한글 전용'을 주장하는 기사를 보았다. 스님의 마음이 동요하기 시작했다. 자신의 수행 방법에 회의를 갖게 된 것이다. 세상에서 버리려고 하는 한문만 허구한 날 배우는 강원의 공부가 시대에

역행하는 것 같았다.

그런 생각이 깊어질수록 몸과 마음이 점차 무기력해져 갔다. 세상을 구제해야 할 수행자의 길이 세상과 너무 동떨어져 있다는 사실이 스님을 힘들게 했다. 변화하는 세상과 정체된 승가공동체가 만날 수 없는 철로처럼 평행선을 그리고 있는 것 같았다.

고민 끝에 본각 스님은 사회 교육을 받아야겠다고 결심했다. 큰 오빠인 천제 스님이 다리를 놓아줬다. 불가의 법도를 생각할 때 여러 스님들의 승낙이 필요한 일이었다. 천제 스님은 우선 성철 스님의 승낙을 얻은 후 석남사 스님들에게 자초지종을 설명했다. 이어 인천에 주석하는 은사의 허락을 받았다. 천제 스님에게서 기다리던 편지가 왔다. 인천의 은사에게 가서 하고 싶은 공부를 하라는 내용이었다. 본각 스님은 묘엄 스님에게 인사를 올린 후 다시 은사의 곁으로 갔다. 1968년 가을이었다.

5년 만에 다시 돌아온 상좌를 은사는 예전과 다름없는 자애로운 눈빛으로 맞아줬다. 학교 공부를 하면서 세상을 배우고 싶다는 상좌의 말에 은사는 말없이 고개를 끄덕였다. 학원가를 돌아본 본각 스님은 세상을 배우려면 우선 세상 사람들의 모습으로 돌아갈 필요가 있다고 느꼈다. 이런 속내를 털어놓자 은사는 이번에도 이심전심의 묵언으로 화답했다.

본각 스님은 3년간 공부한 끝에 대학입학 자격고사인 예비고사에 합격했다. 그리고 1차에서 실패의 쓴맛을 본 뒤 2차로 동국대학교 철학과에 지원했다. 당시 동국대학교에는 선학과의 전신인 승가학과가 신설돼 있었다. 천제 스님은 승가학과에 진학할 것을 권했다. 그러면서 모직 두루마기를 건넸다. 그것은 해인사 성철 스님이 경남모직으로부터 선물받은 것이었다. 하지만 본각 스님은 새로운 시대에 부응할 수 있는 공부를 하고 싶었다. 상좌의 속내를 짐작한 은사가 천제 스님이 있는 자리에서 제자의 의견을 물었다. 본각 스님의 의견을 들은 은사는 이렇게 말했다.

"내 상좌는 내가 가르칠 테니 학비는 걱정하지 마라."

안타깝게도 경남모직 두루마기는 어느 해 겨울 도둑이 훔쳐가고 말았다.


본각 스님은 대학에서 서양철학을 전공했다. 이 공부는 훗날 불교학에 매진하는 데 자양분이 되었다. 서양철학을 배운 덕분에 현대 사회에서 불교가 나아갈 방향을 정립할 수 있었다. 대학 시절 스님이 얻은 또 하나의 선물은 소중한 인연들이다. 당시에 함께 수학한 벗들과 지금까지도 빈부와 종교에 관계없이 교류하고 있다.

1976년 대학을 졸업한 본각 스님은 여름 내내 고뇌하면서 지냈다. 독일 유학을 가고 싶었지만 상황이 여의치 않았기 때문이다. 사찰 경내에는 매미 소리가 자지러졌다. 혼란스런 자신의 심경을 대변하는 것 같았다. 그러던 어느 날 은사 스님이 방문을 열고 말했다.

"시집가고 싶으면 가거라. 다른 애들도 다 보냈는데 너라고 보내지 못하겠느냐."

그 말은 물수제비 지나간 수면처럼 본각 스님의 가슴에 파문을 남겼다. 그 순간 본각 스님은 모든 상념에서 벗어나 자신이 가야 할 길을 분명히 직시하게 됐다. 어떻게 살아야 할 것인가 고민하던 스님에게 은사의 말씀은 등불처럼 환한 가르침이었다.

"가고 싶으면 가라."는 말이 본각 스님에게는 '자등명 법등명自燈明法燈明'이라는 부처님의 열반게로 들렸던 것이다.


# 이미 여래가
# 길을 제시했다

1976년 초가을, 본각 스님은 진정한 출가를 하기로 결심했다. 절집의 법도도 잘 알고, 세속의 삶도 8년간 보고 배워서 알고 있었다. 갈 길을 찾은 이상 더는 망설이거나 주저할 이유가 없었다.

세간의 생활을 마감하면서 스님은 앞으로 모든 시시비비로부터 초연하겠다고 마음속으로 굳게 맹세했다. 세속적인 명예도 좇지 말자고 다짐했다. 스님은 지금도 시비에 얽매이거나 명예를 좇아가려는 마음이 들 때 당시의 굳은 다짐을 떠올린다.

재출가를 결심한 본각 스님은 고향과도 같은 석남사를 찾아서 가을 한철을 보냈다. 10년간 떠났다가 돌아온 스님을 석남사 대웅전의 부처님은 다함없는 미소로 맞아주었다. 도량 주위의 삼형제바위와 계곡도 변함없는 모습으로 반겼다.

본각 스님은 사문의 길을 올곧게 걸을 수 있게 도와달라며 대웅전 부처님께 3,000배를 올렸다. 산천을 뒤흔들던 바람도 잠들고 밤이 깊어갈 즈음에 부처님의 자비로운 목소리를 들을 수 있었다. 그날 밤 스님은 집을 잃고 헤매다 다시 돌아온 《법화경法華經》의 궁자窮子와 같은 마음으로 서원했다.

다음 날 새벽 본각 스님은 희미한 불빛 아래서 발우 공양을 했다. 마지막 발우를 헹군 물에 비친 자신의 모습을 보면서 진리를 찾는 수행자는 결코 유행을 따라서도, 변화를 추구해서도 안 된다는 것을 깨달았다. 스님은 속으로 다짐하듯 되뇌었다.

'불교가 시대를 따라서 변화해야 하는 이유는 오직 중생을 이끌기 위한 방편일 뿐이다. 시대적 변화는 3,000년간 이어져 온 출가의 길에는 필요가 없다. 부처님께서 남기신 말씀을 통해 여래의 마음과 실천과 찬탄을 우리는 너무나 잘 알고 있다. 단지 그것을 어떻게 각자의 삶 속에 실행할 수 있는가가 이제 남은 과제일 것이다. 출가란 참으로 안온한 길이다. 괜스레 고뇌할 필요가 없다. 이미 여래가 길을 제시하지 않았는가.'

출가의 서원을 굳게 세운 스님에게는 수행자로서 무엇을 실행할 것인가만 중요했다. 모든 시비를 놓아버리고 묵묵히 도에 매진하는 것이 바로 진정한 수행자의 길이기 때문이다.

성능 스님에게서 배운

우주판 삼천대천세계의

◇ 상덕 스님

스님은 개심사에서 성근 스님을 은사로 모시고 출가하셨다. 수덕사에서 사미니 계를, 통도사에서 구족계를 수지하신 뒤 중앙승가대, 동국대 교육대학원을 졸업하셨다. 중앙종회의원을 역임하신 후 현재 청암사 주지로 계신다.

❯ 1969년 7월 16일, 아폴로 11호가 힘차게 솟아오르더니 시속 약 4만 킬로미터 속도로 달을 향해 날아갔다. 그리고 7월 20일 오후 10시 56분 20초, 아폴로 11호의 달착륙선 이글호가 무사히 달에 착륙했다. 착륙선에서 내린 두 우주인은 마침내 달 표면에 역사적인 발자국을 남겼다. 그중 한 사람이 아폴로 11호의 선장인 닐 암스트롱Neil Armstrong이다. 그는 달에 인류의 첫발을 내디디며 이런 말을 남겼다.

"한 인간에게는 작은 한 걸음이지만, 인류에게는 위대한 도약이다."

이 사건으로 인해 인류에게 달은 숭배의 대상이 아니라 과학의 영역이 되었다.

흑백텔레비전으로 닐 암스트롱이 달을 거니는 모습이 방영됐음에도 불구하고 대한민국 서산에 자리한 개심사에서는 천동설과 지동설을 놓고 스님들 간에 때아닌 설전이 벌어졌다.

# 닐 암스트롱과
## 개심사 소금쟁이

　당시 상덕 스님은 개심사 강주였던 성능 스님으로부터 수미산을 중심으로 돌아가는 우주관에 대해서 배웠다. 상덕 스님을 비롯한 많은 학인들이 지동설을 들어 삼천대천세계관에 대해 반박했다. 그러자 성능 스님이 상덕 스님에게 물었다.

　"절 앞의 밭에 있는 웅덩이를 봤느냐?"

　"네."

　"거기 뭐가 있더냐?"

　"소금쟁이들이 있었습니다."

　"그 소금쟁이들이 개심사의 강원을 알겠느냐? 더 나아가서는 개심사가 있는 대한민국을 알겠느냐? 대한민국이 있는 지구를 알겠느냐?"

　상덕 스님은 말문이 막혔다.

　"마찬가지다. 이 세계에 해와 달이 있어서 광명을 비추듯, 다른 세계에도 해와 달이 있어서 광명을 비추고 있다. 천 개의 세계에는 천 개의 해와 달이 있으니 이를 일컬어 소천세계小千世界라고 한다. 천 개의 소천세계가 모인 것을 중천세계中千世界라 하고, 천 개의 중천세계가 모인 것을 삼천대천세계라고 한다. 이처럼 낱낱 겹겹으로 쌓인 세계들은 생성과 소멸을 반복한다. 중요한 것은 천동설이나 지동설이 아니다. 아무리 별들이 상관관계에 의해 운행을 한다고 해도 그 별들을 보는 것은 바로 너희의 마음이다. 우리의 업에 따라 전개되는 삼라만상이 바로 우주인 것이다."

강주 스님의 설명을 듣고서야 상덕 스님은 달에 발자국을 남긴 닐 암스트롱과 부처님 손바닥 위에서 노는 손오공이 다르지 않음을 깨닫게 되었다.

종교와 과학은 때로는 합일하고 때로는 상충한다. 진리를 추구한다는 점에선 동일하지만 과학과 달리 종교는 물리적 인과관계가 아닌 심리적 인과관계를 더 중시한다. 상덕 스님이 강주 스님의 설명을 듣고 더 의심을 품지 않았던 것은 과학자가 아닌 수행자이기 때문일 것이다. 상덕 스님은 왜 지척의 자로 재는 세간의 삶이 아니라 마음의 자로 재는 출세간의 삶을 살게 된 것일까?

상덕 스님의 고향은 대전이다. 제주도 태생인 어머니는 애초 구약, 신약 할 것 없이 《성경》을 다 외우다시피 한 독실한 기독교 신자였다. 친한 지인이 부처님 전에 천일기도를 한 끝에 폐암이 나았다는 소식을 듣고서 어머니는 불교로 개종했다. 덕분에 상덕 스님은 어릴 때부터 여러 스님들을 볼 수 있었다.

불심이 깊어진 어머니는 삶의 무상함을 뼛속 깊이 느끼고 슬하의 남매를 출가시키겠다는 원력을 세웠다. 어머니에게 딸을 상좌로 달라는 스님도 많았다. 고르고 고른 끝에 어머니는 딸을 개심사로 출가시켰다. 강원이 있고 대중이 많은 사찰로 출가해야 체계적으로 불교를 배울 수 있다고 봤던 것이다.


## 절마당의 꽃들이 피는 것도
## 보지 못하고

어머니는 열다섯 살 딸의 손목을 끌었다. 개심사에 가자 보인 스님이 펑퍼짐한 광목 바지를 건넸다. 입어보니 광목 바지가 참으로 편했다. 어머니는 딸을 그곳에 남겨두고 혼자 떠났다.

어머니가 안 계시니 머리를 감기고 빗겨줄 사람이 없었다. 열흘 동안은 두 달 먼저 출가한 행자가 산문 밖까지 데리고 가서 머리를 감기고 빗겨주었다. 머릿니가 유행할 때여서 사중의 위생을 위해서라도 삭발을 서둘러야 했다. 그렇게 해서 개심사에 간 지 열흘 만에 삭발염의를 했다.

삭발을 했다고는 하나 공양간 심부름조차도 서툴다 보니 누구 하나 선뜻 책임지고 지도하려고 나서지 않았다. 게다가 은사인 성근 스님은 선방에서 수행하느라 얼굴조차 볼 수 없었다. 은사를 정해준 사람은 보인 스님이었다. 나중에 알고 보니 성근 스님은 보인 스님의 상좌였다.

출가한 뒤 1년이 지났을 무렵, 상덕 스님은 은사를 처음 보았다.

저녁 공양 후 양치를 하러 해탈문 밖 수각으로 갔는데, 한 비구니 스님이 바랑을 짊어지고 산문으로 들어오고 있었다. 그때 사숙 스님이 일렀다.

"은사 스님이 오셨다. 인사를 드려라."

은사인 성근 스님은 세랍 80세가 넘은 지금까지도 견성암에서 수행하는 올곧은 수좌다.

당시는 행자들도 큰방에서 발우를 펴고 함께 공부했다. 행자 시절 상덕 스님은 《초발심자경문》, 《치문》, 《금강경》 등을 배웠다. 한문을 모르면 이해할 수 없는 경전이라 밤낮으로 한문을 공부해야 했다.

그런데 사교과를 마칠 무렵 개심사 강원이 문을 닫았다. 다른 학인들이 차례로 사찰을 빠져나갔다. 그 기간이 무려 6개월이나 이어졌다. 당시에는 학인들이 강원에 들어올 때 승복은 물론이고 이불까지 싸들고 왔다. 그러다 보니 짐을 꾸리고 나르는 데 시간이 걸릴 수밖에 없었다. 개심사 인근 마을에 짐을 부릴 것이라곤 소가 끄는 수레 몇 대뿐이었다.

나중에는 보인 스님의 상좌와 손상좌들만 남게 되었다. 상덕 스님은 개심사의 공양주 소임을 맡게 됐는데, 이상하게도 수시로 졸음이 밀려왔다. 심리적 박탈감과 미래에 대한 불안감이 컸던 탓인지도 모른다. 하루는 아침 공양을 마치고 방에 들어와서 잠시 눈을 붙였다 일어나 보니 보인 스님이 머리맡에 앉아 있었다. 보인 스님은 상덕 스님의 손을 어루만지면서 "잘 자는구나."라고 다정하게 말했다.

학인들이 다 빠져나가도록 동요 없이 꿋꿋하게 공양주 소임을 보는 손상좌가 기특했던 것이다.

음력 4월이 되면 상덕 스님은 교무 스님이 써준 강연 노트를 외우느라 여념이 없었다. 부처님오신날 법당 앞에 서서 신도들에게 할 법문을 외워야 했던 것이다. 그래서 스님은 절마당의 꽃들이 피는 것도 보지 못했다.


## 여법한 비구니 강원을 세우기 위하여


개심사에서 4년을 보낸 상덕 스님은 동학사 강원으로 향했다. 공부를 더 해야겠다는 원력이 컸던 것이다. 동학사 강원에서 평생의 지음知音인 지형 스님을 만났다. 당시 교무 소임을 맡고 있던 지형 스님은 총무 스님의 불찰로 대중공사가 벌어졌을 때, "과오는 있으나 총무 소임을 한 노고를 생각해서 벌을 줘서는 안 된다."고 주장했다. 상덕 스님이 보기에 논리 정연하게 자신의 주장을 펼치는 모습이 믿음직스러웠다. 무엇보다도 타인을 배려하는 자비심을 지니고 있어서 평생 함께해도 좋을 사람이라는 생각이 들었다.

어느 날 지형 스님이 조계종 총무원에 '대한불교조계종 중앙교육원'이 개설됐다는 소식을 알려줬다. 상덕 스님은 중앙교육원에서 3개월 과정을 마친 뒤 지관 스님이 지도하는 강의에 재강을 신청했다. 지관 스님의 강의가 경국사에서 열렸던 터라 학비를 마련하기 위해 여러 사찰을 돌며 부전을 봐야 했다. 세끼 공양시간만 빼고는 계속 앉아서 목탁을 치다 보니 다리가 붓기 일쑤였다.

경국사 법보강원을 졸업한 상덕 스님은 비구니대학과 중앙승가대학에 입학해 공부를 이어나갔다. 또한 지형 스님과의 인연으로 화운사승가대학 중강 소임을 맡게 되었다. 그런데 지형 스님이 화운사승가대학에서 더는 강주 소임을 볼 수 없는 상황이 되었다. 두 스님은 논의 끝에 부산의 보덕사로 향했으나 강원을 운영하는 일이 쉽지 않았다.

그러던 중 광우 스님으로부터 "녹원 스님이 8교구 산하에 비구니 강원을 설립할 계획"이라는 말을 듣게 되었다. 두 스님은 녹원 스님을 직접 만나서 사실을 확인했다. 그리고 김룡사 주지인 영수 스님과 직지사 주지인 혜창 스님을 만나서 어느 사찰에 비구니 강원을 개원하는 게 좋을지 상의했다. 마침내 두 스님은 직지사 스님들의 배려로 김천 청암사에 강원을 개원할 수 있었다. 1987년 지형 스님과 함께 산문에 들어선 이래 상덕 스님은 30여 년 동안 청암사를 떠나지 않았다.

청암사는 신라시대 고승 도선국사가 창건한 천년고찰이다. 조선시대 벽암 각성 스님의 강맥을 이은 대화엄 종장 모운 진언 스님이 청암사에 강원을 개설한 이래 허정 혜원 스님이 강교講敎와 설선設禪의 꽃을 피웠다. 이후 화엄학의 대강백인 회암 정혜 스님이 강원을 더욱 번창시켰다. 청암사는 조선을 대표하는 불교 강원의 하나로 명성을 드날렸다. 당시 운집한 학인만 300명이 넘었다.

청암사 강원의 역사는 면면히 이어져 근대에는 고봉 스님, 우룡 스님, 고산 스님이 주석했다. 하지만 상덕 스님이 청암사에 도착했을 때는 쇠락한 도량의 모습에 할 말을 잃을 지경이었다.

1987년 3월 25일, 상덕 스님은 지형 스님과 함께 청암사비구니승가대학을 설립했다. 그리고 20년 동안 도량과 부속 건물을 보수하고 신축했다. 현재 청암사비구니승가대학이 배출한 졸업생이 무려 600여 명에 이른다. 2007년에는 비구니 승단의 유지 발전에 기여하고자 청암사율학승가대학원을 설립했다.

청암사 산문에 들어설 때 상덕 스님의 꿈은 여법한 비구니 강원을 세우고 운영하는 것이었다. 각고의 노력 끝에 청암사 강원은 대표적인 비구니 강원이 되었고, 청암사는 김천 지역 포교의 구심점이 되었다. "사찰은 수행처인 동시에 지역 포교의 거점"이고, "강사는 학자인 동시에 교육자"라는 철학을 지닌 상덕 스님이 있었기에 가능한 일이다.

하루살이 어게서 '아득한 성자' 영원을 본

◇ 오현 스님

스님은 밀양 태생으로 일곱 살에 입산하셨다. 선불교의 가르침을 현대 시조로
승화한 시집들을 내셨으며, 정지용문학상 및 공초문학상을 수상하셨다. 최고법
계인 대종사 법계를 품수하셨으며, 신흥사·백담사·조계종립 기본선원 조실로
계시다 2018년 5월에 입적하셨다.

❯ 스님의 법명은 무산, 법호는 설악, 자호는 만악이다. 하지만 많은 사람들이 스님의 속명이자 필명인 오현만을 기억하고 있다. 법명이나 법호, 자호보다는 속명으로 불렸던 스님의 행장에서 세간과 출세간의 길이 다르지 않음을 깨달을 수 있다.

오현 스님은 스스로 '낙승落僧'이라고 칭했다. 여기서 '낙'은 무엇을 의미하는 것일까? 사전적 의미로만 보자면 떨어졌다는 뜻이다. 어디에서 떨어졌다는 것일까? 묘연하다. 다만 스님이 남긴 글에서 그 의미를 어렴풋이나마 찾을 수 있다.

스님이 역해한 《무문관無門關》 제2칙 '백장의 여우'를 살펴보자.

훌륭한 수행자라고 해서 인과에 안 떨어지는 것은 아니고[不落因果], 다만 인과에 어둡지는 않게 된다[不昧因果]는 것이다. 문제는 불락인과와 불매인과의 차이는 무엇인가 하는 것으로 귀착되는데, 이는 아무래도 좀 상식적인 설명이 덧붙여져야 할 것 같다. 불교에서 수행의 최후 목적은 해탈과 열반에 있다. 즉 인과의 고리가 연속되는 윤회의 수레바퀴에서 벗어나는 것이 불교 수행자가 가고자 하는 길이다. 불교는 왜 이렇게 해탈과 열반을 추구하는가. 중생의 삶이라는 생로병사의 고통이 반복되기 때문이다. 그래서 인생을 '고통의 바다[苦海]'라고 한다. 따라서 훌륭한 수행자라면 인과가 계속되는 윤회의 고리에서 벗어나야 한다. 그래야 수행을 잘했다고 할 수 있다.

(중략)

백장 화상이 '인과에 어둡지 않다'고 한 것은 아주 명쾌한 법문이다. 인과의 법칙이 얼마나 무서운가를 분명히 알고 있다는 것이다. 그래서 여우의 길에 떨어지지 않는다는 것이다. 인과의 이치를 알기 때문에 인과에 떨어질 행동을 하지 않는다는 뜻이다. 그렇지만 이 이치를 모르는 사람은 이렇게 말하든 저렇게 말하든 인과에 떨어지고 만다.

오현 스님은 "수행자라고 해서 인과에 안 떨어지는 것은 아니고, 다만 인과에 어둡지는 않게 된다"는 것을 강조했다. 글의 말미에 "이렇게 말하는 나도 혹시 내생에 설악산의 여우가 되는 것은 아닌지, 그게 걱정"이라고 말했지만 이 역시 일종의 역설이다. '백장의 여우'에 등장하는 노인과 달리 오현 스님은 인과의 이치를 명백히 아는 수행자의 표상이었다. 그런데도 스스로 '낙승'이라고 칭했다. 따라서 스님이 말한 '낙'은 인과에서 떨어졌다는 의미는 결코 아닐 것이다.

아래로 내려갈수록
높이 올라가는 길


   오현 스님이 말한 '낙'의 의미가 무엇인지 알기 위해서는 스님의
진신사리라고 해도 과언이 아닌 시편들을 살펴볼 필요가 있다.


     삶의 즐거움을 모르는 놈이
     죽음의 즐거움을 알겠느냐


     어차피 한 마리
     기는 벌레가 아니더냐
     이다음 숲에서 사는
     새의 먹이로 가야겠다.


     —〈적멸을 위하여〉


     하루라는 오늘
     오늘이라는 이 하루에
     뜨는 해도 다 보고
     지는 해도 다 보았다고
     더 이상 더 볼 것 없다고

알 까고 죽는 하루살이 떼

죽을 때가 지났는데도
나는 살아 있지만
그 어느 날 그 하루도 산 것 같지 않고 보면

천년을 산다고 해도
성자는
아득한 하루살이 떼

－〈아득한 성자〉


위 두 시편에서 스님은 "한 마리/기는 벌레"와 자신을 동일시하거나 "뜨는 해도 다 보고/지는 해도 다 보았다고//더 이상 더 볼 것 없다고/알 까고 죽는 하루살이"를 동경하고 있다. 바닥을 기어 다니다가 새의 먹이로 죽는 벌레나 하루밖에 살지 못하는 하루살이는 인간에 비한다면 한낱 미물에 지나지 않는다. 하지만 스님의 시편에서 이 미물들은 천년을 살아도 깨닫지 못하는 경계에 이른 '아득한 성자'나 적멸의 즐거움을 아는 깨달은 존재로 승화한다.

오현 스님의 안목으로는 가장 짧은 시간인 찰나가 가장 긴 시간인 영겁으로, 가장 낮은 존재인 미물이 가장 높은 존재인 성자로 승화하는 것이다.

이 대목에서 오현 스님이 말하는 '낙'의 의미가 무엇인지 조금은 알 것 같다. 《화엄경》〈입법계품〉에 등장하는 53선지식 중 한 사람인 바수밀다 여인은 선재동자가 찾아왔을 때 이렇게 설했다.

어떤 중생이 애욕에 얽매어 내게 오면, 나는 그에게 법을 말해 탐욕이 사라지고 보살의 집착 없는 경계의 삼매를 얻게 한다. 어떤 중생이고 잠깐만 나를 보아도 탐욕이 사라지고 보살의 환희 삼매를 얻는다. 어떤 중생이고 잠깐만 나와 이야기해도 탐욕이 사라지고 보살의 걸림 없는 음성삼매를 얻는다. 어떤 중생이고 잠깐만 내 손목을 잡아도 탐욕이 사라지고 보살의 모든 부처 세계에 두루 가는 삼매를 얻는다.

여기서 중요한 것은 그 누구에게나 분별없이 대하는 바수밀다 여인이기에 중생에게 삼매를 줄 수 있다는 사실이다. 바수밀다 여인의 해탈 법문은 중생세계에 들어가지 않고는 중생을 교화할 수 없다는 의미를 담고 있다. 바수밀다 여인은 중생의 욕망에 따라 몸을 나타낸다. 이는 관세음보살이 온갖 중생의 요청에 따라 다양한 모습으로 나타나는 것과 같은 이치다. 바수밀다 여인은 청정한 마음을 지녔기에 오탁악세五濁惡世의 법으로도 능히 중생을 제도할 수 있는 것이다.

오현 스님이 말하는 '낙'은 오탁악세를 살아야 하는 중생의 곁으로 향하는 것인지도 모른다.

항상 낮은 자리를 살폈던 오현 스님의 행장은 중국의 계성 선사나 기독교 성 요한의 가르침을 떠올리게 한다.

옛날 한 스님이 계성 선사에게 물었다.

"향상일로向上一路란 무엇입니까?"

"아래로 내려오면 그것을 체험할 수 있을 걸세."

'향상일로'란 지극히 높은 깨달음의 자리를 일컫는다. 그런데 계성 선사는 "끊임없이 높아지는 길을 찾고자 한다면 아래로 내려가야 한다."고 역설했다.

계성 선사의 가르침은 이웃 종교인 기독교의 가르침과도 일맥상통한다. 〈마태복음〉 23장 12절에는 "누구든지 자기를 높이는 사람은 낮아지고 누구든지 자기를 낮추는 사람은 높아지리라."라고 쓰여 있다. 또한 성 요한은 "아래로 아래로 내려갈수록 나는 높이높이 올라가 목표에 도달할 수 있었다."고 회고했다.

오현 스님의 행장을 보면 '아래로 아래로 내려갈수록 높이높이 올라가는 길'이 무엇인지 알 수 있다.

## "오현이는 천하의 게으름뱅이"

　오현 스님은 경남 밀양에서 태어나 일곱 살 때 절간의 소머슴이 되었다. 성정 탓인지 아니면 시대 상황 탓인지 스님은 한곳에 오래 머물지 못하고 동가식서가숙했다고 한다. 스님은 유년기를 이렇게 회고했다.

　"어릴 적에 서당을 다녔는데 공부보다는 노는 데 관심이 많았어요. 개울가에 나가 소금쟁이와 놀다 보면 하루해가 저물었지요. 철이 조금 들어서는 절에 들어와 소머슴 노릇을 했어요. 돌이켜 생각해보면 가관이었지요. 숲속 너럭바위에 벌렁 누워 콧구멍이 누긋누긋하게 잠을 자느라고 소가 남의 밭에 들어가 1년 농사를 다 망치건 말건 상관하지 않았거든요. 그래서 그만 절에서 쫓겨났지요. 이 절에서 쫓겨나면 저 절로 가고, 저 절에서 쫓겨나면 다른 절을 찾아갔어요. 그사이에 절집에선 '오현이는 천하의 게으름뱅이'라고 소문이 났어요."

　그러다가 스님은 밀양의 종남산 은선암에 머물게 되었다. 그 암자에는 세랍 70세가 넘은 노스님과 착하기만 해서 약지 못한 공양주, 그리고 스님보다 한 살 위인 공양주의 딸이 살고 있었다. 당시 스님의 소임은 소여물을 썰어서 끓이고, 디딜방아 찧고, 땔나무를 하는 등 이런저런 허드렛일과 노스님이 출타하면 조석 예불과 사시마지

공양을 올리는 일이었다. 스님은 그 많은 일을 제대로 다 해내지 못했다. 일하다가 꾸벅꾸벅 졸다 보니 노스님의 꾸중을 듣지 않을 수 없었다.

이런 모습이 안쓰러웠던지 공양주의 딸이 종종 일을 도와줬다. 소여물을 썰어서 끓일 때도, 나무를 하러 갈 때도 공양주의 딸이 함께했다. 공양주의 딸은 땀방울이 이마를 타고 내려오는데도 힘든 줄 모르고 스님의 일 돕는 것을 즐거워했다.

진눈깨비가 내리는 초겨울 해 질 무렵, 노스님이 공양주를 불렀다.

"천생배필이다. 서둘러 혼사를 치르는 것이 좋겠다."

말인즉슨, 공양주의 딸을 신도 집에서 머슴살이하는 중늙은이에게 시집보내라는 것이었다.

그 소리를 듣는 순간 스님은 눈앞이 캄캄했다. 노스님에게서 주역과 명리학을 배웠던 터라 사주나 궁합에 대해서 조금 알고 있었다. 스님이 보기에는 둘의 궁합이 상생이 아니라 상극이었다. 하지만 그 자리에서는 아무 말도 할 수가 없었다.

뜬눈으로 밤을 보낸 스님은 새벽같이 공양주를 찾아갔다.

"노스님이 거짓말을 하고 있어요. 궁합이 아주 나빠요."

그런데 공양주는 그 말을 듣자마자 노스님에게 가서 "행자님이 궁합이 좋지 않다고 말했습니다."라고 일러바쳤다.

노스님은 오현 스님을 불러서 이렇게 말했다.

"인불언人不言이면 귀부지鬼不知라고 했다. 사람이 말하지 않으면

귀신도 모른다. 게을러빠진 놈이 약기만 한 게 글을 배우면 도적놈이 되겠구나."

노스님의 흰 눈썹이 꿈틀거렸다. 그렇게 화난 모습은 절에 머문 2년 동안 처음 보는 것이었다.

이튿날 스님은 누구에게도 인사를 하지 못하고 하산을 해야 했다. 그런데 스님이 하산할 것을 미리 알고서 공양주의 딸이 산모퉁이의 소나무 뒤에 몸을 숨기고 있었다. 공양주의 딸은 애써 울음을 참느라 가느다란 어깨를 들썩였다. 그 모습을 보자니 스님의 눈에도 눈물이 고였다. 마지막 인사를 건네야 할 것 같은데, 말을 꺼내면 자신도 모르게 눈물이 쏟아질 것 같아서 먼 산만 바라보다가 걸음을 재촉했다.

스님은 당시를 이렇게 회고했다.

"만약 그녀가 나를 따라왔더라면 동해안 주문진 앞바다, 그 망망대해에서 그물질을 하는 어부가 됐거나, 아니면 깊은 산속 초부가 돼서 묵정밭을 일구고 살았을지도 모를 일이지요."

스님의 회고담에서 인간적 면모를 느낄 수 있다. 이는 고 김수한 추기경이 멀리 저녁밥 짓는 연기를 보면서 속인으로 한 가정을 이루고 살았으면 좋겠다는 생각을 했다는 것과 크게 다르지 않을 것이다.

## 문둥이 부부를 만나고
## 발심하다

은선암에서 나온 스님은 끊임없는 만행의 길을 떠났다. 당시는 6·25전쟁 직후여서 집 없이 떠도는 사람들이 많았다. 스님도 전국 방방곡곡을 떠돌다가 경북 영천의 한 마을에 다다르게 되었다.

문득 고래등 같은 기와집이 보여서 대문을 밀고 들어갔다. 안마 당에 들어가 목탁을 꺼내 들고 1시간 가까이 독경을 했다. 방 안에 분명히 사람이 앉아 있는 게 보이는데 인기척이 들리지 않았다. 안 주인은 문구멍으로만 밖을 내다볼 뿐 말이 없었다. 스님은 오기가 생겨서 더욱 목청을 높여 독경을 이어나갔다. 때마침 이목구비가 반 쯤 허물어진 문둥이가 마당으로 들어섰다. 문둥이는 스님 옆에 바투 붙어 섰다.

오래지 않아서 방문이 열리고 주인이 마당으로 내려왔다. 그런데 주인이 퍼주는 쌀의 양이 달랐다. 문둥이에게는 한 됫박이나 주고, 스님에게는 간장 종지만큼만 준 것이다. 그 순간 스님은 생각했다.

'문둥이가 삼계대도사이자 법왕의 제자인 나보다 낫구나. 세상 사 람들이 부처님보다도 문둥이를 무서워하는구나.'

그 집을 나온 스님은 무작정 문둥이의 뒤를 따라갔다. 문둥이가 도착한 곳은 금방이라도 무너질 것 같은 다리 밑이었다. 그곳에 거적 때기로 만든 움막이 있었다. 복사꽃이 핀 것처럼 얼굴과 목에 알록달

록한 반점이 있는 문둥이의 아내가 남편을 반겼다. 낯선 스님을 보자 문둥이의 아내는 경계하는 눈치더니 곧 스스럼없이 움막의 자리를 내주었다. 스님은 문둥이 부부와 함께 그해 겨울을 움막에서 났다.

이듬해 봄이 되어 얼었던 시내가 녹고 들녘에 파릇파릇 풀이 돋자 문둥이 부부는 편지만 남기고 자취를 감췄다.

스님은 다시 절에 가서 열심히 공부해 성불하십시오.

편지 내용은 짧지만 실로 스님을 위하는 마음이 담겨 있었다.

스님은 편지를 들고서 문둥이 부부를 찾아 1년 넘게 강원도 고성에서 해남의 땅끝마을까지 전국을 헤맸다. 결국 문둥이 부부를 찾는 것을 포기한 스님은 발심을 하게 된다.

'문둥이 부부처럼 병들고 헐벗은 사람들까지도 구제할 수 있는 사람이 되자. 그러기 위해서는 어디에도 치우치지 않는 크나큰 깨달음을 얻어야 한다. 석가모니 부처님도 6년 수도 끝에 우주의 진리를 깨달았지 않는가. 대장부로 태어나서 나라고 못할 게 뭐냐.'

발심 끝에 찾아간 곳이 삼랑진의 약수암이었다. 그곳에서 스님은 틈날 때마다 경전과 인문학 서적들을 읽어나갔다. 또한 수행에도 매진했다. 이전에 여러 사찰과 암자에서 수행하는 법을 익혔던 터라 좌선과 행선이 어렵지는 않았다.

약수암에서 수행할 때의 일이다. 하루는 오랜 벗들이 시인이 돼 찾아왔다. 그들은 밤새 인생론과 문학관에 대해 열띤 토론을 벌였다. 먹을 것도 넉넉하지 않은 암자에 와서 며칠씩 묵으며 중생고와는 별 상관도 없는 문학 운운하는 게 스님은 마뜩치 않았다. 그래서 다소 치기 어린 마음에 한마디를 툭 던졌다.

"그까짓 것 하룻밤에도 100편은 쓸 수 있어."

말을 했으니 행동에 옮겨야 했다. 그렇게 밤새 고민 끝에 쓴 시편이 〈할미꽃〉이다.

한 친구가 이 시편을 《동아일보》 신춘문예에 응모했는데 최종심에서 안타깝게 떨어졌다. 스님은 친구가 전해준 소식을 듣고서 문학 공부에 더욱 매진했다. 이태극, 조종현, 정완영, 서정주 시인과도 편지를 주고받으면서 문학 수업을 이어갔다. 그 결과 《시조문학》에 추천 완료되어 시단에 이름을 올렸다.

약수암에서 수행하며 문학 수업을 하는 동안 스님은 평생 도반인 정휴 스님을 만났다. 정휴 스님의 소개로 녹원 스님과도 법연을 맺고, 직지사 말사인 김천 계림사의 주지 소임을 맡았다. 당시 정완영 시인이 운영했던 김천역 앞 양지다방에서 이호우, 이영도, 김상옥, 박재삼 시인과도 교류했다.

이후 스님은 정호당 성준 선사에게 입실한 뒤 대한불교조계종 제3교구 신흥사의 법맥을 계승해 중창 불사에 매진하는 한편 시작詩作에 전념했다.

수미산처럼 높고 항하의 모래처럼 많은 스님의 공적 중 몇 가지만 짧게 언급하고자 한다. 스님은 백담사에 무문관인 무금선원과 조계종 기본선원을, 신흥사에 향성선원을, 홍천사에 삼각선원을 개원했다. 뿐만 아니라 4년간 백담사 무문관에서 직접 동안거와 하안거를 폐관 정진했다. 이처럼 납자들의 수행처를 마련함으로써 종지종풍을 드높였음은 물론이고, 법계의 자유인답게 돈오뇌성頓悟雷聲의 선지禪旨를 보여주었다.

또한 스님은 만해사상실천선양회를 설립하고 만해축전을 개최해 전 세계인의 축제로 승화시켰고, 만해 한용운 스님이 창간한 《유심》을 복간해 불교문학의 당간을 세웠다. 하지만 스님은 그 크고 많은 공덕을 한 번도 드러내지 않음으로써 수행자의 하심을 몸소 실천했다. 이런 모습에서 중국의 동산 스님이 제자인 조산 스님에게 전해준 가르침을 엿볼 수 있다.

"선행은 안 보이게 하고, 행동은 은밀하게 하라. 어리석고 둔한 사람처럼 보이도록."

무엇보다도 스님은 남긴 시편마다 일언일구一言一句 버릴 데가 없는 정제된 시어로 대기대용大機大用한 선불교의 가르침을 담아냈다. 그렇다면 스님이 바라본 불교의 정수는 무엇일까?

오현 스님은 불교의 가르침에 대해 이렇게 말했다.

"'도道'라는 한자에는 두 가지 의미가 있습니다. 하나는 깨달음이고, 다른 하나는 길입니다. 그런데 곰곰이 생각해보면 두 의미가 다르지 않습니다. 석가모니 부처님은 길에서 태어났습니다. 어머니인 마야 부인이 출산을 위해 친정으로 가다가 산기를 느끼고 룸비니 동산에서 부처님을 낳은 것입니다. 그 후 부처님은 우주의 가장 근원적인 진리를 찾아서 출가합니다. 6년여 동안 여러 스승을 찾아다니며 수행하다가 부다가야의 보리수 아래서 깨달음을 얻습니다. 성도 후에는 녹야원에서 첫 설법을 하려고 18유순의 길을 떠나십니다. 1유순이란 하루를 꼬박 걸어서 도달하는 거리이므로 18일을 걸었다는 뜻입니다. 부처님은 녹야원에서 첫 설법을 하고 난 뒤 열반하실 때까지 무려 45년 동안 길에서 보내셨습니다. 세랍 80세에 쿠시나가라의 사라나무 아래서 열반에 드실 때도 전도의 여정 중이었습니다. 부처님은 길에서 태어나 진리의 길을 찾아 출가하고, 인생의 바른길을 깨닫고, 그 길을 가르치기 위해 45년간 여행하다가 길에서 돌아가신 것입니다."

수많은 불보살과 조사들이 그랬듯, 스님 또한 평생 동안 길 위에 있었다. 길 위에서 얻은 깨달음을 다시 길 위에서 베풀었다.


"중생의 삶이 팔만대장경이고
부처고 선지식이다"


오현 스님은 출가도 그 원인에 따라서 발심출가와 인연출가로 나넌다고 설명했다. 발심출가는 원력을 세우고 출가한 것을 이르고, 인연출가는 인연 따라 출가한 것을 일컫는다.

스님은 출가의 세 가지 의미에 대해서도 강조했다. 출가의 세 가지 의미는 육친六親출가, 오온五蘊출가, 법계法界출가다. 육친출가란 부모, 형제, 처자로부터 떠나는 것을 말한다. 오온출가는 자기애에서 벗어나 참자유를 얻는 것을 일컫는다. 법계출가에서 법계는 진리의 세계를 말한다. 출가자는 진리라고 믿는 세계로부터도 떠나야 한다. 따지고 보면 우리가 진리라고 일컫는 것은 일종의 독단 내지는 편견에 지나지 않는다. 이 세상의 모든 독단 또는 편견에서 벗어나는 것이 바로 법계출가다.

출가자는 많지만 오현 스님처럼 법계출가를 이룬 수행자는 흔치 않다. 드넓은 마음을 지녔기에 오현 스님은 곧잘 《육조단경》의 한 구절인 '불사선不思善 불사악不思惡'을 강조했다. 옳음과 그름, 아름다움과 추함, 삶과 죽음 등 모든 이분법적 사고를 깨트려야 법계출가를 이룰 수 있기 때문이다.

수많은 사람들이 오현 스님에게서 지척의 자로는 잴 수 없는 대방무외大方無外한 풍모를 느낄 수 있었다. 그러나 정작 스님은 여러 시편에서 자신을 미물에 비유했다. 또 "중생의 삶이 바로 팔만대장경이고 부처고 선지식"이라며 중생의 고통을 외면하는 선지식의 행태를 꼬집었다.

"'본래면목'이나 '뜰 앞의 잣나무' 같은 화두는 천년 전 중국 선사들의 산중문답입니다. 중생이 없으면 부처도 필요 없습니다. 환자가 없으면 의사가 필요 없는 것과 같습니다. 부처는 중생과 고통을 같이 해야 합니다. 불교는 깨달음을 추구하는 종교가 아니라 깨달음을 실천하는 종교입니다."

오현 스님이 생각한 수행자의 표상은 신음하는 중생의 눈물을 닦아주는 것이었다. 이 대목에서 오현 스님이 말한 '낙승'의 의미가 명확해진다. 지장보살처럼 자신의 깨달음을 미룰지언정 지옥 중생까지도 구제하겠다는 원력을 세워야 하며, 목련존자처럼 지옥까지 내려가서 고통 받고 있는 어머니를 구하는 실천을 해야 한다는 것이다. 오현 스님은 지옥도 극락도 바로 우리가 사는 이 사바세계에 존재함을 알고 있었다.

오현 스님은 아래로 아래로 내려갈수록 높이 오를 줄 알았던 까닭에 '향상일로의 낙승'이었고, 하루살이의 삶 속에서 천년의 영원성을 볼 줄 알았던 '아득한 성자'였다.

최후 유작으로 오현 스님은 〈무산霧山 십현시十玄詩〉를 남겼다. 이 작품은 자신의 삶을 열 가지 주제로 차용해 돌아본 일종의 회고록이다. 특이한 것은 〈고향 소식〉이라는 장에서는 "내 울음소리를 들었다"고 하고, 〈한바탕 꿈이 지난 뒤〉에서는 "내 울음소리도 못 듣는다"고 했다.


반백 년이 지나 고향을 찾아가니

부모형제 살았던 집은 온데간데없는데
목매기 울음이 남아 있어 내 울음소리를 들었다


  ─〈고향 소식〉


나이는 열두 살 이름은 행자
한나절은 디딜방아 찧고
반나절은 장작 패고……
때때로 숲에 숨었을 새 울음소리 듣는 일이었다


그로부터 십 년 이십 년 오십 년이 지난 오늘
산에 살면서 산도 못 보고
새 울음소리는커녕
내 울음소리도 못 듣는다


  ─〈한바탕 꿈이 지난 뒤〉


　　오현 스님은 입적을 앞두고 부모 형제와 함께 살았던 고향집과
아득한 옛사랑의 기억이 남아 있는 밀양의 은선암을 찾았다. 고향집
은 폐가로 변하고 은선암은 폐사지가 돼 잡초만 우거져 있었다. 삶을
하나의 문장으로 비유하면, 마침표를 찍어야 하는 상황에 스님은 첫

단어를 살펴보았던 것이다.

폐가가 된 고향집에서 스님은 목매기 울음을 울고, 폐사지가 된 도량에서 다시 열두 살 행자가 돼 숲에 숨은 새 울음소리에 취했다. 그렇게 한바탕 울고 다시 웃은 뒤 원적에 들었다. 스님이 남긴 마지막 문장부호는 마침표도 아니고, 쉼표도 아니고, 말줄임표도 아닌 느낌표였다.

천방지축 기고만장
허장성세로 살다 보니
온몸에 털이 나고
이마에 뿔이 돋는구나
억!

혁명가의 길, 출격대장부의 길

◇ 원경 스님

스님은 남로당 당수 박헌영의 아들로 태어나 현대사의 격랑을 온몸으로 헤쳐오
셨다. 6·25전쟁 발발 후 전국을 유랑하다 아버지가 김일성 정권에 숙청된 뒤
용화사에서 송담 스님을 은사로 모시고 출가하셨다. 현재 평택 만기사에 주석하
시며 조계종 원로회의 부의장이시다.

❯ 원경 스님은 영해 박 씨 57대손으로 태어났다. 아버지는 조선공산당과 남조선로동당(남로당)의 당수인 박헌영이다. 스님의 할머니가 태몽을 꿨는데, 달이 떨어지는 것을 가슴으로 받는 꿈이었다. 달을 받을 때 밤하늘에서 청천벽력 같은 소리가 났다.

"이 태몽을 절대로 발설하지 말라."

하지만 스님의 할머니는 남편에게 태몽 이야기를 했다. 스님의 할머니는 태몽을 발설한 것을 두고두고 후회했다.

스님의 아버지 박헌영은 1939년 9월 대전형무소를 만기 출옥한 뒤 경성 지역 코뮤니스트 그룹에서 활동했다. 박헌영에게 스님의 어머니 정순년을 소개한 것은 정순년의 오촌 당숙인 정태식이다. 정태식이 고향집에 찾아와 가족을 설득해 정순년을 서울로 데려갔다. 서울로 올라온 정순년은 박헌영과 함께 활동하던 이순금에게 교육을 받았다.

"귀한 분이 오실 테니 잘 보필해라. 누가 와서 물어도 그분에 대해 말해선 안 된다."

이순금에게 당부의 말을 들은 정순년은 청주로 내려갔다. 그곳에서 박헌영과 정순년이 만났다.

한파가 몰아치는 겨울날, 정순년이 기거하는 집으로 두툼한 외투를 입은 사내가 찾아왔다. 박헌영이었다. 사람들이 '이정 선생'이라고 불러서 정순녀는 그가 이 씨인 줄 알았다. 정순녀가 그의 이름을 제대로 안 것은 이순금을 통해서였다. 박헌영과 정순녀는 청주에서 40일 동안 머물다가 서울로 올라가 1년을 함께 지냈다. 당시 정순녀가 한 일은 바깥 동정을 살피는 것이었다. 그러다가 두 사람은 정이 들었고, 원경 스님을 뱃속에 두게 되었다.

정순녀는 1941년 1월 다시 청주로 내려와야 했다. 해산을 하기 위해서였다. 헤어지기 전 박헌영은 정순녀의 손에 민들레 문양이 새겨진 쌍가락지를 쥐여주었다.

"머지않아 해방이 될 것이오. 그때까지는 나를 보기 힘들 것이니 이것을 증표로 갖고 있으시오."

박헌영이 스물두 살 차이가 나는 정순녀에게 마지막으로 건넨 말이었다.


## 남로당 거물들과 함께한 유년 시절

원경 스님이 태어난 것은 1941년 2월경. 그해 여름 스님의 어머니는 젖먹이와 이별을 해야 했다. 혼사가 잡혀 있는 딸이 서울로 간 후 소식이 없자 스님의 외조부가 수소문 끝에 찾아온 것이다. 갓난아이에게 젖을 먹이고 있는 딸을 보자 외할아버지는 화를 참지 못하고 외손자를 집어던졌다고 한다. 그러곤 딸을 집으로 데리고 갔다. 그 후 스님의 어머니는 애초 언약돼 있던 목수와 결혼을 했다. 기구한 것은 새로 결혼한 남자도 공산당원이었다는 사실이다.

어린아이는 이순금의 손에 맡겨졌다. 이순금은 친할머니에게 아이를 맡겼다. 할머니는 과천 근처에서 손자를 키웠다. 1943년 할머니가 돌아가셨는데 장례가 할아버지 때보다 성대했다. 할머니는 당시 여염집 아낙과는 사뭇 달랐다. 평소 이웃들에게 선행을 많이 베풀었던 까닭에 할머니에 대한 칭찬이 자자했다.

할머니가 돌아가시기 전 큰아버지에게 유언을 남겼는데, 해방이 되면 조카를 거둬 키우라는 내용이었다. 할머니의 유언에 따라 스님은 큰아버지의 손에 이끌려 서울로 올라가게 되었다.

해방 후 큰아버지는 장충동에 쌀집을 열었다. 아마도 쌀집은 위장용이었을 것이다. 바로 옆집에는 역시 남로당 거물이었던 김삼룡이 살았다. 두 집에는 사람들의 발길이 끊이지 않았다. 스님은 어릴 적 봤던 사람들을 기억하고 있다. 얼굴이 넓적한 김삼룡, 몸이 마르고 안경을 곧잘 벗었다 썼다 했던 이주하, 얼굴이 갸름하고 눈이 부리부리하고 콧대가 높았던 이현상, 얼굴이 희고 입술이 작았던 김소산……. 그리고 그 무리 가운데 우뚝 서 있던 아버지. 스님은 아버지를 고작 6번 본 기억밖에 없다. 어렴풋하게 떠오르는 기억은 아버지가 의자에 앉아 자신을 물끄러미 바라보는 모습이다.

스님은 국민학교에 다니면서 당수를 익혔고, 휴일에는 이주하를 따라서 장충단공원에 놀러 갔다. 행복한 나날이었지만 그 기간은 그리 길지 않았다.

6·25전쟁이 일어나기 두 달 전쯤, 하루는 이주하가 스님을 데리고 경찰서로 갔다. 이주하는 경찰서에 들어가 김삼룡이 있는지 염탐하라고 했다. 김삼룡은 긴 나무의자에 앉아 있었는데 손목에는 수갑이 채워져 있었다. 한복 바지의 한쪽 가랑이가 찢어져 있었고, 드러난 다리는 검붉은 피로 범벅이 되어 있었다. 그는 눈을 부릅뜨고 가까이 오지 말라는 눈짓을 했다. 스님은 얼른 자리를 빠져나와야 했다. 경찰서 앞으로 나오자 이미 순경들이 이주하를 포위하고 있었다. 홀로 버려진 스님은 집으로 터벅터벅 걸어갔다.

집은 쑥대밭이 되어 있었다. 큰아버지와 큰어머니는 과천으로 몸을 피한 후였다. 생쌀을 씹으며 혼자 집에서 며칠을 기다리다 보니 한산 스님이 찾아왔다. 한산 스님은 동경제대를 나온 남로당의 정보원이었다. 한산 스님은 아이를 곧장 한 기생집으로 보냈다. 그곳에는 곱게 단장한 여자들이 많았는데, 그 가운데 김소산이 있었다. 스님은 거기서 며칠을 보내고 다시 한산 스님을 따라서 구례 화엄사로 향했다.

화엄사에 당도한 것은 1950년 3월. 사찰에는 동백꽃이 피어 있었다. 한산 스님은 아이를 화엄사에 맡겨두고 길을 떠났다. 화엄사에서 하룻밤을 자고 일어나니 스님들이 머리를 깎고 《천자문》을 건네주었다. 원경 스님은 열심히 읽고 써서 책 내용을 모두 외웠다. 천자문을 떼자 스님들은 《반야심경》과 《천수경》을 외우라고 했다. 또다시 한 달 동안 시키는 대로 독경을 했다.

화엄사에서 본의 아니게 행자생활을 하고 있는데, 어느 날 한산 스님이 찾아왔다. 다시 한산 스님을 따라서 지리산으로 들어갔다. 지리산에서는 뜻밖에도 이현상을 만났다. 이현상은 어린 원경 스님을 부둥켜안고 소리 내어 울었다. 그러곤 스님의 어깨를 다독거리면서 서울 소식을 물었다. 김삼룡과 이주하가 잡혀갔다고 얘기하자 이현상의 얼굴에 그늘이 졌다.

당시 이현상은 산사람들을 이끌고 있었는데, 산사람들은 옷이며 무기가 통일되지 않아 오합지졸처럼 보였다. 하지만 움직임만큼은 일사불란해 정규군 못지않았다. 산사람들과 한 달 남짓 생활하던 중 6·25전쟁이 났다는 소식을 들었다.


"이 아이를 절에
잘 숨겨주시오"


전쟁이 나고 머지않아 한산 스님이 다시 찾아왔다. 서울로 가서 아버지를 만나야 한다며 길을 떠났지만, 정작 도착한 곳은 강원도 동해에 소재한 인민군 피복창이었다. 인민군이 서울을 떠나자 목적지를 옮긴 것이다. 피복창에서 옷을 갈아입었다. 이미 가을이 깊어 옷섶을 여며도 찬바람이 뼈까지 스며들던 터라 누나들이 건넨 옷이 여간 고마운 게 아니었다. 담요로 만든 바지를 입고 장갑을 낀 채 다시 발길을 옮겨야 했다.

본의 아닌 만행은 끊임없이 이어졌다. 스님은 한 달 동안 혼자 인적 드문 산사들을 돌아다니다가 충북 단양의 한 초막으로 옮겨 갔다. 그곳에는 천태종 초대 종정인 상월 원각 스님과 2대 종정인 대충 스님이 있었다. 사람들과 정이 들만 하면 헤어져야 하니 상월 원각 스님과의 인연도 길지 않았다.

스님은 담양 가막골에 이어 무주 구천동으로 갔다가 다시 남덕유 원통사로 향했다. 거기서 이현상과 재회했다. 이현상이 이끄는 산사람들은 이전에 봤던 모습과 전혀 달랐다. 군복과 무기가 통일돼 있어서 정규군처럼 보였다. 겨울 지리산에는 칼바람이 불었다. 산사람들은 걸음이 빨라서 그 행렬을 따라가려면 어린 스님으로서는 거의 뛰다시피 해야 했다. 그렇게 한 해가 갔고, 스님은 지리산에서 새해를 맞이했다.

1953년 1월, 이현상과 한산 스님이 심하게 말다툼을 했다.

"이현상 동지가 북으로 올라가야만 휴전협정이 체결될 때 다른 동지들이 마음 놓고 갈 수 있는 활로를 만들 수 있습니다."

한산 스님의 말에 이현상은 한숨을 내쉬었다. 지리산에서 북로당 출신과 남부군이 헤게모니 다툼을 벌이고 있는 시점에서 이현상의 심리적 압박감이 컸을 것이다. 말다툼 끝에 이현상은 원경 스님을 내려다보면서 말했다.

"알았소. 이 아이나 절에 잘 숨겨주시오."

그것으로 이현상과의 인연도 끝이 났다. 중간에 한 번 다시 만날 기회가 있었지만 끝내 만나지 못했다.

지리산에서 내려온 스님은 광양에 머물렀다. 하루는 한산 스님이 누더기 승복이 담긴 가방을 등에 지워주면서, 백운산 암자로 가서 이현상을 만나라고 했다. 그런데 원경 스님은 산을 넘다가 군인들에게 붙잡혔다. 군인들에게 얻어맞으며 스님은 소리쳤다.

"저는 산사람이 아닙니다. 산사람들이 절에 불을 지른다고 해서 스님을 찾으러 왔어요."

군인들은 스님에게 보리밥 한 덩이와 멸치를 넣은 시래기를 건넸다. 스님은 그것을 먹지 않았다. 군인들이 영문을 물었다.

"이런 걸 먹으면 부처님께 혼이 납니다."

이 말을 듣고서야 군인들은 스님을 풀어줬다. 그렇게 해서 백운산 암자에 갔으나 이현상은 없었다.

## 오랜 방황과 설움을 딛고
## 출격대장부의 길로

이후 스님은 김천 청암사에서 4년 동안 살았다. 절밥을 먹으면서 경전을 공부하다 보니 절로 중물이 들었다. 사교과를 마치고 대교과에 들어가려고 할 때 한산 스님이 다시 찾아왔다.

1958년 12월 15일, 스님은 처음으로 아버지의 제사를 지냈다. 한산 스님은 예산 봉수산 대련사로 데려가면서 선친의 생애에 대해 말해줬다. 아버지 박헌영이 유소년기를 보낸 곳을 손가락으로 가리키며 한산 스님이 떨리는 목소리로 말했다.

"저기가 네 아버지가 자란 곳이다. 그리고 저기는 네 아버지가 다닌 대흥국민학교가 있는 곳이다. 지금 저곳에는 네 친척들이 살고 있을 것이다. 하지만 절대로 찾아가서는 안 된다. 네 아버지는 조선공산당과 남로당의 총수였다. 인민들이 더불어 잘 사는 나라를 만들기 위해……."

말을 잇지 못하는 한산 스님의 눈가에 물기가 맺혔다.

"네 아버지는 억울하게 누명을 쓰고 돌아가셨다. 내게는 미륵불 같은 분이셨다. 내세에 다시 만난다고 해도 나는 네 아버지를 모실 것이다."

한산 스님은 멀리 부서진 흙벽을 가리키면서 백제의 부흥을 도모했던 흑치상지에 대해 말했다. 때마침 멀리 석양이 지고 있었다. 한산 스님은 평소 곧잘 부르던 노래 〈황성옛터〉를 물기 어린 목소리로 흥얼거렸다.

나는 가리로다 끝이 없이 이 발길 닿는 곳
산을 넘고 물을 건너서 정처가 없어도
아아, 망국의 이 설움을 가슴 깊이 묻고
이 몸은 흘러 흘러가노니 옛터야 잘 있거라.

한산 스님의 노래를 듣고 있으니 가슴에 불길이 치솟는 것 같았다. 남한에서는 '빨갱이'로, 북한에서는 '미국 스파이'로 몰려 억울하게 죽어간 아버지가 안쓰러웠다. 그런 아버지의 피를 받았다는 이유만으로 고아처럼 떠돌아야 하는 자신의 신세가 기구했다. 무엇보다도 아버지와 그 동지들이 꿈꿨다는 세상이 백제의 흙벽처럼 허물어졌다는 게 허망했다.

이후 스님은 절에 돌아가지 않고 장돌뱅이처럼 전국을 떠돌았다. 그렇게 헤매고 다니지 않으면 마음속 불길을 다스릴 수 없을 것 같았다. 술로도, 주먹질로도 달래지지 않는 설움이 스님의 등을 떠밀었다. 한곳에 보름 이상 머물지 못하고 그렇게 1년 남짓 각지를 헤매고 다녔다.

그러다가 1960년을 맞이했다. 전국을 헤매는 동안 스님은 단 한 번도 절을 찾지 않았다. 그런데 그해 정월 초하루에는 독경 소리가 그리웠다. 스님은 무엇에 이끌리듯 인천의 용화사를 찾아갔다. 정신이 맑았다. 오랜 방황 끝에 스님은 결국 운수납자의 길을 택했다. 1950년에 처음 삭발을 했다고 하나 실제 출가는 1960년으로 봐야 옳았다.

전강 선사의 법맥을 이은 송담 스님을 은사로 모시고 출가한 스님은 그 후 오랜 세월 선방만 다녔다. 최고의 선지식답게 송담 스님은 스님의 개인사를 들은 뒤 공부에만 전념하라고 당부했다.

동안거를 마치면 폭설에 나뭇가지 부러지는 소리가 들렸고, 하안거를 마치면 바위를 에돌아 흐르는 물소리가 들렸다. 본래 운수라는 처지가 마땅히 가야 할 곳이 있는 것도 아니어서 산길 위에서 우두커니 먼산바라기를 할 때가 많았다. 그럴 때마다 아버지와 한산 스님이 꿈꿨다는 세상과 한산 스님이 곧잘 흥얼거리던 노랫말이 떠올랐다.


# 이 땅의 외로운 넋들을
# 위로하며

원경 스님은 1960년 용화선원에서 수선 안거한 이래 제방 선원에서 13년간 수행 정진했다. 평택 만기사 주지로 있을 당시 연꽃유치원을 운영하기도 했다. 사회복지에 대한 전문성을 높이기 위해 1996년 동국대학교에서 사회복지학 석사 학위를 받았고, 경기도 지방경찰청 경승 등을 역임하며 지역 포교의 활성화에 앞장섰다. 그러는 한편 아버지에 관한 자료를 수집해 총 9권에 이르는《이정 박헌영 전집》을 출간했다. 전집을 출간하는 과정은 험난했다. 원경 스님이 전집 출간을 논의하기 시작한 것은 1993년이었다. 첫 편집회의를 개최한 날로부터 11년이 지나서야 전집이 출간될 수 있었다.

아버지 박헌영의 발자취를 더듬는 과정에서 원경 스님은 아버지와 첫 번째 부인 주세죽 사이에서 태어난 박비비안나를 모스크바에서 만났다. 또한 박길룡 전 북한 외무성 차관을 만나 아버지의 최후에 관한 이야기를 들었다.

원경 스님만큼 질곡의 역사를 온몸으로 부딪쳐온 사람도 드물 것이다. 2010년에는 격동의 시대를 회고하며 시집《못다 부른 노래》를 출간하기도 했다. 지난 2014년 조계종 원로의원에 선출됐으며, 2015년에는 조계종단의 최고 법계인 대종사 법계를 품서했다.

스님의 출가는 일종의 숙명이라고 할 수 있다. 박헌영의 아들이었기에 택할 수 있는 길은 많지 않았다. 스님은 자신의 삶을 돌아봤을 때 출가한 것만큼 잘한 일도 없다고 생각한다. 1991년 스님은 혈육인 박비비안나와 함께 모스크바에 있는 주세죽의 묘소를 찾았다. 이때 가사 장삼을 수하고 주세죽의 영혼을 진혼하면서 남한과 북한 어디에서도 제대로 된 역사적 평가를 받지 못하고 있는 아버지의 넋도 함께 위무했다.

불전에 절을 올릴 때마다 스님은 거둬줄 연고자가 없어서 떠돌아
다니는 외로운 혼령들을 달래는 기도를 올렸다. 이 땅의 외로운 넋
들을 위로할 수 있다는 것만으로도 스님은 작으나마 마음의 위안을
얻을 수 있었다.

진리라네 모든 것이 손에 닿는

◇ 월서 스님

스님은 전장의 상흔을 경험하신 뒤 생사의 경계가 없는 깨달음을 얻고자 금오
스님 문하로 출가하셨다. 조계종 중앙종회의장, 호계원장 등을 역임하셨고, 재
단법인 금오선수행연구원, 사단법인 천호희망재단을 설립해 불교의 사회적 실
천에 앞장서고 계신다.

➤ 선禪을 일컬어 불립문자不立文字, 교외별전教外別傳, 직지인심直指人心 견성성불見性成佛이라고도 한다. 즉 말로 설명할 수 없고 책으로도 전할 수 없으며, 사람의 마음을 곧바로 가리킴으로써 본성을 보게 하여 부처를 이루게 하는 깨달음이라는 것이다.

비단 수행만 그런 것이 아니다. 삶의 지혜도 몸소 겪어보지 않고서는 알 수 없다. 월서 스님이 출가하게 된 동기는 죽음에 대한 공포와 생에 대한 환멸 때문이었다. 스님은 피비린내가 진동하던 지리산 골짜기를 기억에서 지울 수가 없다.

"조선 말에 그려진 풍속화를 본 적이 있어요. 그림 속의 농부는 두 마리의 소를 끌어서 밭을 갈고 있었어요. 하지만 내 어릴 적의 농가는 참으로 빈한했어요. 전후戰後에 소가 귀하다 보니 사람들이 직접 밭을 갈아야 했어요. 그나마 부모가 있는 아이들은 입에 풀칠이라도 할 수 있었어요. 부모 잃은 전쟁고아들은 주린 배를 채우기 위해 시장판에 몰려들었죠. 먹을 것을 두고 싸움이 예사로 벌어지던 상황은 그야말로 아비규환이었어요. 황무지 같은 그 땅에서 열일곱 살이었던 제가 할 수 있는 일은 많지 않았어요."

# 삶과 죽음의 경계가
# 어디에 있는가

1953년 겨울, 스님은 지리산 공비소탕 작전에 참가했다. 지리산 자락에 위치한 스님의 고향인 함양에 서남지구 전투경찰을 뽑는다는 소문이 나돌았다. 두 주먹밖에 가진 게 없는 젊은이에게는 빛나는 제복이 동경의 대상이었다. 게다가 마을 어른들이 "우리 마을은 우리가 지켜야 한다."고 연신 떠들고 다니면서 젊은이들을 부추겼다. 1952년에 아버지를 여의고 그 이듬해 어머니마저 돌아가신 터라 스님을 만류할 사람도 없었다. 스무 살 남자보다도 몸이 건장했던 스님은 신체검사 결과 유격대로 발탁되었다.

유격대 일원이 된 후 스님이 한 일은 남원본부의 지시에 따르는 것이었다. 본부의 정보망은 매우 정확했다. 본부의 명령에 따라 출동하면 항상 빨치산이 나타났다. 몇 년 동안 숱한 전투를 경험한 빨치산은 결코 쉬운 상대가 아니었다. 그들에게 남은 것은 생존의 의지뿐이어서 눈에 살기가 번득였다. 궁지에 몰린 그들은 수시로 지리산 일대 마을들을 습격했다. 남북이 휴전협정서에 서명했다고는 하지만 지리산 일대에서는 여전히 전투가 지속되고 있었다. 내가 살기 위해서 남을 죽여야 하는 지옥 같은 나날이었다.

환경에 따라 사람도 바뀌기 마련인데, 행인지 불행인지 스님은 그러지 못했다. 마음이 여려서 전장이 늘 무서웠다. 전투는 항상 정적을 가르는 총성 한 방으로 시작됐다. 스님은 심장 박동이 주체할 수 없이 빨라진 상태에서 눈을 질끈 감고 머리를 숙인 채 총구를 적진에 대고 방아쇠를 당겼다. 총소리에 귀가 먹먹해지면 마음속으로 관세음보살을 불렀다. 그러다 보면 돌아가신 어머니의 온화한 얼굴이 떠올랐다.

전투가 끝나면 같이 밥을 먹고 잠을 자던 동지들이 두세 명씩, 더러는 다리가 잘리고 더러는 팔이 잘린 채 죽어 있었다. 팥죽색으로 꾸덕꾸덕 말라가는 동지들의 피를 보면서, 총상 입은 동지들의 신음을 들으면서, 시체에서 나는 역한 피비린내를 맡으면서 스님은 공포에 휩싸였다. '나도 언젠가 저렇게 될지 모른다.' 그런 날이 잦아질수록 '사람이 사람을 죽이는 것이 과연 정당한가?' 회의가 들었다.

그러던 어느 날, 남원에서 함양으로 가는 국도의 한 초소에서 보초를 서고 있는데 빨치산이 들이닥쳤다. 초소의 문이 열리며 어둡던 방 안이 빨치산이 들고 있던 전짓불에 훤히 드러났다. 이윽고 총소리가 빗발쳤다. 미처 방어 태세를 갖출 새도 없었다. 여기저기서 아군의 신음이 들려왔다. 살아남은 이는 고작 두 사람. 생존자는 빨치산이 시키는 대로 두 손을 들고 초소 밖으로 나갔다. 빨치산의 총구가 머리를 겨누고 있었다.

그들은 옷을 모두 벗으라고 했다. 그때 스님은 목에 걸고 있던 '옴마니반메훔' 진언이 새겨진 목걸이를 보았다. 목걸이는 어머니의 유품이었다. 빨치산은 발가벗은 스님의 손목을 묶었다. 적군을 생포하면 나무에 몸을 묶은 후 칼로 살가죽을 벗겨 죽인다고 소문난 사람들이었다. 스님은 도살장에 끌려가는 소처럼 공포에 질려 있었다. 잠시라도 걸음이 뒤처지면 빨치산의 총부리가 가슴을 찔렀다.

밤길을 걸어 능선에 닿았을 때였다. 스님이 바닥에 쓰러지며 다른 부대원의 몸을 부둥켜안았다. 그 상태로 아래로 굴러 구사일생으로 살아날 수 있었다. 다시 찾은 초소 안은 여기저기 검붉은 피로 얼룩져 있었다. 널브러진 시신들이 역겨운 냄새를 풍겼다. 아찔한 현기증이 났다. 얼마 후 마음이 진정되자 갖가지 생각이 밀려왔다. 그리고 이런 질문이 떠올랐다.

'삶과 죽음의 경계가 어디에 있는가?'

스님은 초소 앞에 버려진 군복을 다시 입고 본부로 갔다. 총기를 빼앗겼기 때문에 영창에 가야 할 상황이었다. 다행히 3일 후 초소를 공격했던 빨치산들이 붙잡혀 영창에 가는 것은 모면했지만, 본부에서는 군복을 벗으라고 명령했다.

입대 후 1년 만에 스님은 자유의 몸이 되었다. 사선을 벗어났지만 여전히 죽음에 대한 공포가 뇌리를 떠나지 않았다. 눈앞에서 죽어간 수많은 사람들의 얼굴이 어른거렸다. 그럴 때마다 피비린내가 코끝을 스치며 온몸의 털이 쭈뼛쭈뼛 솟았다.

# "너를 힘들게 한 것이
무엇이냐?"

스님은 1년간 악몽 같은 기억에 진저리를 치다가 실상사 약수암에서 금오 스님을 친견했다. 만약 그때 금오 스님과의 법연이 없었다면 지옥 같은 전쟁의 공포에서 지금도 자유롭지 못했을 것이다.

금오 스님의 눈빛은 형형했다. 스님은 지리산에서 겪은 일들과 마군 같은 망상에 시달리고 있다는 사실을 가감 없이 털어놓았다. 그러자 금오 스님이 말했다.

"나고 죽는 것보다 큰 사건도 없지만 우주의 섭리에서 보면 이 또한 풀잎 위의 이슬처럼 허망한 것. 마땅히 대장부라면 수미산처럼 높은 깨달음을 얻어 생사해탈에 이르러야 합니다. 청년이 만약 망상의 번뇌에서 벗어나 대자유를 얻고자 한다면 출가를 해야 할 것입니다. 절에 들어와 수행할 생각이 있습니까?"

'대자유'라는 단어가 가슴을 파고들었다. 하지만 출가의 원력이 없었기에 그 자리에서 금오 스님의 뜻을 따를 수는 없었다. 대화가 끝나자 금오 스님은 바랑을 챙겨 짊어졌다. 금오 스님에게 가는 곳을 물었다. 금오 스님을 다시 찾을 일이 있을 것 같아서였다. 금오 스님은 화엄사로 간다고 했다.

그 후 두어 달 동안 잠을 설쳤다. 시간이 흐를수록 마음의 병이 깊어만 갔다. 꿈속에서도 악몽에 시달렸다. 심란할 때마다 관세음보살을 부르면 잡념이 사라지곤 했다. 그러던 어느 날, 설해목 가지가 꺾이는 소리를 들으면서 문득 자신을 돌아보았다.

'내 모습이 설해목 같지 않은가? 주체할 수 없는 감정에 몸을 망치고 있는 것은 아닌가?'

생각이 거기에 미치자 금오 스님이 간절히 보고 싶었다. 그길로 화엄사를 찾아갔다. 금오 스님은 올 줄 알았다는 표정을 지었다.

"힘이 들어 도저히 견딜 수가 없습니다."

"너를 힘들게 한 것이 무엇이냐?"

머리를 둔중한 것에 얻어맞은 것 같았다.

"한마음이 깨끗하면 수많은 마음이 깨끗해지고 끝내는 온 우주가 깨끗해진다."

금오 스님은 《원각경》〈보안장保眼章〉의 한 구절로 운을 뗐다.

"맑고 깨끗한 유리창 앞에 서면 만상萬象이 깨끗하게 보일 테지만, 흐리고 더러운 유리창 앞에 서면 모든 사물이 더럽게 보일 것이다. 선악과 미추의 기준이 어디에서 생기는가? 이 모든 것이 오직 마음에서 만들어지는 것이다."

그 말을 듣는 순간 바로 출가를 결심했다. 머리를 삭발해준 이는 탄성 스님이었다. 놋쇠로 된 삭도로 무명초를 자르고 나니 머리카락과 함께 그간의 모든 잡념이 땅에 떨어지는 것 같았다.

행자생활은 매우 혹독했다. 금오 스님은 행자들이 한시도 몸을 놀리는 것을 허락하지 않았다. 행자 시절 처음 맡은 소임은 공양주였다. 그리고 3개월 뒤 반찬을 만드는 채공 소임을 맡았다.

1956년, 마침내 금오 스님을 계사로 모시고 사미계를 받았다. 사미계를 받고 3년 뒤 부산 범어사에서 동산 스님을 계사로 비구계를 수지했다. 사미계와 비구계를 받았다고는 하나 여전히 '풋중'이었다. 발심이 필요했다. 스물다섯 살 때 스님은 조계사 중앙학림에서 《선문촬요禪門撮要》에 실린 달마대사의 〈혈맥론血脈論〉을 읽다가 마음이 맑아지는 것을 느꼈다.

> 만약 부처를 찾고자 한다면 모름지기 본성을 깨달아야 한다. 만약 본성을 보지 못한다면 염불과 송경과 보시와 지계도 큰 이익이 되지 못한다. 염불을 하면 좋은 인과를 얻고, 송경을 하면 총명해지고, 지계를 하면 천상에 태어나고, 보시를 하면 복을 누리는 과보를 받게 되지만, 그것으로는 부처를 찾을 수 없다.

선 수행의 중요성을 강조한 글이었다.


# 흐르기 전의 자리로
# 돌아가리라

이듬해 스님은 동화사 금당선원으로 가서 참선에 들어갔다. 당시 동화사 주지는 월산 스님으로 절에 상주하는 대중이 30여 명이었다. 참선하기에는 더없이 좋은 조건이었다. 보름 넘게 용맹정진했으나 진전이 없었다. 화두가 잡힐 듯 잡히지 않았다. 한 철을 마치고는 금오 스님을 다시 찾아갔다.

금오 스님은 화두일념이 되지 않으면 입으로 경을 외면서 의식을 집중하는 훈련을 하라고 일러줬다. 금오 스님이 일러준 대로 했더니 상당히 성과가 있었다.

"마조 스님은 '마음이 곧 부처'이고, '평상심이 곧 도'라고 했습니다. 이는 믿음의 문제를 거론한 것입니다. 참선을 하면서 깨달음이란 결국 '큰 믿음'이라는 것을 알게 되었어요. 내가 용맹정진 끝에 얻은 것은 촉사이진觸事而眞, 즉 손에 닿는 모든 것이 진리라는 깨달음이었습니다."

월서 스님은 휘몰아치는 격정을 잠재우기 위해서 출가했다. 그리고 출가한 뒤에는 곡진한 마음의 법을 얻으려고 무던히도 애를 썼다. 스님은 마음 법에 대해 이렇게 말했다.

"부처님께서는 제법무아를 설하시며 이런 비유를 들었습니다. '갠지스 강의 물결을 보아라. 잘 살펴보면 거기에는 실체도 없고 본질도 없다. 어떻게 물결에 실체와 본질이 있겠는가?' 그렇습니다. 신체는 물결, 감각은 물거품, 표상은 아지랑이, 의지는 파초, 의식은 허깨비입니다. 삶을 강으로 본다면, 이제 내가 가야 할 길은 흐르기 전의 자리로 돌아가는 것입니다."

운문사 강원에 피어난　화엄의 꽃밭

◇ 일진 스님

스님은 화운사에서 재석 스님을 은사로 출가하셨다. 운문사 승가대학, 동국대 승가학과 졸업 후 명성 스님에게 전강을 받으셨다. 운문사 주지, 중앙종회의원을 역임하신 뒤 현재 운문사 승가대학장으로 계신다.

▶일진 스님은 충남 서산의 독실한 불자 집안에서 태어났다. 6남매 중 3명이 출가했으니 불자 집안이라는 말이 조금도 과장되지 않다. 둘째 언니와 다섯째 언니에 이어 막내인 스님도 출가자의 길을 택한 것이다.

스님의 출가에 가장 큰 영향을 끼친 사람은 어머니였다. 유교 전통이 뿌리 깊었던 농촌사회에서 9대 독자를 낳았으니 어머니의 아들 사랑은 지극할 수밖에 없었다. 집안에 남자라고는 아버지와 오빠뿐이었다. 오빠는 직업군인이 되어 집에 있는 날이 많지 않았고, 아버지는 집안의 대소사에 크게 관여하지 않았다. 그러다 보니 어머니가 크고 작은 집안일들을 처리했다.

어머니의 불심은 아들의 복을 비는 것에서 비롯됐다. 당시 스님의 집에는 2개의 쌀독이 있었다. 불전에 올릴 쌀과 식구들이 먹을 쌀을 따로 보관했다. 어머니는 좋은 쌀만 모아서 잘 보관해뒀다가 아들의 생일이 되면 손수 떡을 쪄서 절에 불공을 드리러 갔다. 막내딸인 스님도 자연스럽게 어머니의 손을 잡고 절에 따라갔다.

## "조용한 산중에 사는
## 스님이 될래요"

개심사에서 은사인 재석 스님을 만났으니 일진 스님에게는 개심사가 마음의 고향이다. 당시 개심사에는 비구니 강원이 있었다. 일진 스님은 지금도 장삼을 입고 가지런하게 줄지어 개심사 돌계단을 내려오던 비구니 스님들을 기억한다.

국민학교 2학년 때는 개심사로 소풍을 갔다. 불화가 무섭다는 이유로 법당에 들어가지 않는 친구들과 달리 스님은 아무렇지도 않게 안으로 들어가 불전에 절을 올렸다. 법당 안에서는 담임선생이 먼저 자리를 잡고 불전에 절을 하고 있었다. 그 이튿날 담임선생은 소풍을 다녀온 소감을 쓰라고 했다. 스님은 이런 내용으로 소감을 적었다. "부처님은 얼마나 고귀한 분이시기에 선생님도 머리 숙여 절을 드리는 것일까요?" 담임선생은 다른 학생들에게 읽어준 뒤 잘 쓴 글이라고 칭찬해준 것은 물론이고 학교 문예지에 실어주었다.

스님이 법기法機였음을 짐작할 수 있는 것은 결혼한 언니보다도 출가한 언니를 더 동경했다는 사실이다. 큰언니가 일찌감치 시집을 가는 바람에 둘째 언니가 집안일을 도와야 했다. 그런데 일진 스님이 네 살 때 둘째 언니가 출가했다. 열여섯 살 많은 둘째 언니가 바로 혜준 스님이다. 나중에 일진 스님이 용인 화운사로 출가한 것도 당시 화운사 주지 지명 스님의 맏상좌가 혜준 스님이었기 때문이다.

혜준 스님이 속가에 오면 막냇동생은 파르라니 삭발한 머리를 유심히 살펴보곤 했다. 혜준 스님에게선 한파를 이기고 피어난 매화 향기가 나는 것 같았다. 여름날 혜준 스님과 논길을 함께 걸은 적이 있었다. 지나가는 길목에 뱀 한 마리가 똬리를 틀고 있는 것을 보고서 혜준 스님이 어린 동생을 번쩍 안아줬다. 동생은 혜준 스님의 품에 안겨서 뱀에게 약 올리듯 혀를 내밀었다. 그렇게 일진 스님의 무의식 속에서 스님은 사악한 뱀도 물리치는 숭엄한 존재로 자리 잡았다.

일진 스님은 개심사의 비구니 스님들을 통해 이상적인 인간상을 발견했다. 국민학교 5학년 도덕 시간에 장래희망을 발표할 때 스님은 "조용하고 깨끗한 산중에 사는 스님이 되고 싶다."고 말했다. 범상치 않은 장래희망을 듣고서 담임선생이 가정방문을 오기도 했다. 혹시 집안에 변고가 생긴 것은 아닌가 걱정돼서였다.

담임선생이 다녀가고 며칠 후 오빠가 말했다.

"커서 스님이 되겠다고 했다지? 장래에 어떤 사람이 될지는 나중에 다시 생각해보도록 하자."

일진 스님에 앞서 다섯째 언니도 출가자의 길을 택했다. 서울 양지암 성업 스님이 다섯째 언니다.

사춘기 시절 일진 스님은 잠시나마 정치외교학을 전공하겠다는 계획을 세웠다. 이목구비가 뚜렷한 스님에게 고등학교 담임선생은 연예인의 길을 추천했다. 하지만 스님은 고등학교를 졸업하자마자 가족 친지들에게 인사를 드린 뒤 용인 화운사로 출가했다. 돌이켜보면 중·고등학교 시절에도 스님은 한 번도 출가의 꿈을 버리지 않았다. 친구들이 영어책을 붙들고 있을 때 스님은 한문 공부에 전념했다.

## 은사의 간절한 바람을
## 가슴에 품고

　용인 화운사에는 먼저 출가한 혜준 스님이 수행하고 있었다. 혜준 스님이 직접 삭도를 들고 동생의 무명초를 깎아줬다. 당시 화운사에는 60여 명의 스님이 수행정진하고 있었는데 행자는 둘뿐이었다. 눈코 뜰 새 없이 바쁜 일상인데도 스님은 조금도 일이 힘든 줄 몰랐다. 어른들이 일을 시키기 전에 먼저 할 일을 찾아서 했다.

　일진 스님은 고등학교 때까지 마른 체형이어서 어른 스님들이 "그 몸으로 중노릇을 제대로 할까?" 걱정하곤 했다. 그런데 1년간의 행자생활 후 통통하게 볼살이 올랐다. 그러자 어른 스님들이 '경살이 올랐다고 말했다. 경살은 경전을 잘 읽으면 오르는 살을 일컫는다. 경살이 올랐다는 것은 절집생활에 잘 적응했다는 의미였다.

　그렇다고 해서 꾸중을 전혀 듣지 않았던 것은 아니다. 공양주 소임을 볼 때 누룽지가 많아 일부를 버린 것이 화근이었다. 주지 스님은 "쌀 한 톨에 농부가 흘린 땀이 일곱 근"이라고 일러줬다.

　행자생활을 마치고 은사가 있는 서울 만법사에서 사미니계를 받았다. 계사는 벽암 스님으로 사미니 10계 외에 "자주 웃지 말라."는 별도의 계율을 내렸다. 아마도 벽암 스님은 애써 드러내지 않아도 드러나는 선법禪法의 요체를 일깨워주려고 했던 것이리라. 하지만 원체 맑고 밝은 성정을 지닌 터라 사미니계를 받은 이후에도 일진 스님의 얼굴에서는 미소가 떠나지 않았다.

일진 스님은 화운사 행자 시절 비구니 강백인 묘순 스님으로부터 《치문》을 배웠다. 공부를 하면 할수록 배울 것이 더 많았다. 은사 스님은 운문사 강원에 가서 공부할 것을 권했다. 운문사 강원에 명성 스님이 강사로 갈 예정이었기 때문이다.

"운문사로 가서 명성 스님처럼 훌륭한 비구니 강사가 되거라."

은사의 말에 일진 스님은 눈시울이 붉어졌다. 은사인 재석 스님은 동진 출가해 줄곧 사찰의 살림을 맡느라 공부할 기회조차 없었다. 은사의 방문 앞에는 강원의 교재들이 담긴 보따리가 놓여 있었다. 보따리 위에 삐뚤삐뚤한 글씨로 '상좌 줄 책'이라고 쓰여 있었다.

운문사로 떠나는 날 재석 스님이 동대문 버스터미널까지 따라왔다. 그리고 상좌의 손을 끌어다 명성 스님의 손에 쥐여주면서 말했다.

"제 상좌를 강사로 만들어주세요."

"강사는 누가 시켜서 되는 게 아니라 본인 노력으로 되는 겁니다."

명성 스님이 고개를 끄덕이면서 답했다.

일진 스님은 은사의 간절한 바람을 가슴에 품고 명성 스님을 따라서 운문사로 향했다.

# 비구니 전강 시대를
열다

　일진 스님은 운문사 강원에서 3학년 과정인 사교를 마쳤다. 다음은 《화엄경》을 배울 차례였다. 감히 자신의 안목으로 위없는 가르침이 담긴 《화엄경》을 공부해도 되는 것인가 의심이 났다. 《화엄경》을 배우기 전에 먼저 《화엄경》의 성립 배경과 역사부터 공부하는 게 순서라는 생각이 들었다. 그래서 은사 스님에게 전화를 걸었다.

　"동국대 승가학과에 진학하고 싶습니다."

　상좌의 청에 재석 스님은 즉답을 피했다.

　이튿날 재석 스님이 전화를 걸어 서울로 올라오라고 했다. 일진 스님은 자신을 믿어주는 은사가 고마울 따름이었다.

　명성 스님을 찾아가 속내를 밝히자 명성 스님의 낯빛이 어두워졌다. 명성 스님은 일진 스님의 동국대 입학을 탐탁지 않게 생각했다. 명성 스님이 서운한 마음을 갖는 것도 어찌 보면 당연한 일이었다.

　언젠가 명성 스님이 "어떤 스님이 되겠느냐?"라고 물었을 때 일진 스님은 "스님처럼 훌륭한 강사가 되겠습니다."라고 답했다. 하지만 일진 스님이 대학에 입학한 뒤에는 명성 스님의 태도가 바뀌었다. 직접 편지를 보내서 학과 공부를 열심히 하라고 독려했다.

　재석 스님은 일진 스님이 대학에 입학하는 데 팔을 걷고 나섰다. 상좌 다섯을 모두 대학에 보낼 만큼 자애로운 은사였다.

동국대 승가학과에 입학한 일진 스님은 불교 경전의 뿌리부터 가지까지 계보를 찾아 공부했다. 특히 관심을 가진 분야는 여성불교였다. 여성 수행자의 위상에 대해 연구하는 한편, '보살불교'라는 이름으로 폄훼되는 여성불교가 이 땅에서 어떤 역할을 했는지도 고찰했다. 숭유억불 정책을 펼친 조선시대에 그나마 불교가 명맥을 유지할 수 있었던 것은 가정의 복을 비는 어머니들의 간절한 신심 덕분이라는 게 스님의 견해였다.

1977년 불교학계에 일진 스님이 파랑을 일으키는 사건이 일어났다. 《석림》지에 〈불교에 있어서 여성은 열등한가?〉라는 논문을 발표한 것이다. 여성불교에 대한 연구가 전무했던 시절이어서 논문을 쓰는 데 어려움이 많았다. 논문 발표 후 비구니 팔경계법에 대한 논란이 수면 위로 떠올랐다.

동국대 졸업 직후 스님은 일본 문부성의 초청을 받았다. 일본 대학원에서 공부할 기회가 주어졌지만 은사와 명성 스님의 뜻에 따라 운문사 강원으로 향했다. 전도유망한 비구니 스님 둘이 일본에 유학을 갔다가 환속한 일이 발생한 직후여서 어른 스님들의 반대는 당연했다. 일진 스님은 운문사 강원에서 대교과를 마쳤다. 그 기간 동안 중강을 맡아 배우는 일과 가르치는 일을 동시에 했다.

그 후 일진 스님은 홍륜 스님과 함께 명성 스님의 첫 전강제자가 되었다. 비로소 한국불교사에 비구니 전강시대가 열린 것이다. 일진 스님은 무엇보다도 은사의 꿈을 이뤄드렸다는 것이 기뻤다.

전강 후 일진 스님은 견문을 넓히기 위해 대만과 일본으로 유학을 떠났다. 장학금을 받으면서 대학원을 다녀 경제적 어려움은 크지 않았다. 대만에서 스님은 승가가 계율을 지킬 때 사회적인 존경을 받는다는 사실을 깨달았다. 그런가 하면, 사회적 위상이 높지 않은 일본 비구니 스님들은 비구니의 수행 전통이 남아 있는 운문사를 부러워했다. 일진 스님은 운문사에 대해 남다른 자긍심을 느꼈다.

명성 스님에게 배운 것은 경학만이 아니었다. 운문사 불사를 진두지휘한 명성 스님을 시봉하며 중창 불사에도 일조했다. 방학 때마다 명성 스님을 모시고 탁발을 다니며 십시일반 모은 보시금으로 운문사의 전각들을 세웠다. 일진 스님이 운문사에 대해 남다른 자긍심을 갖는 이유 중 하나는 적지 않은 대중이 계율에 어긋남 없이 자율적으로 수행하는 도량이기 때문이다.

비구니 후학들에게 전할 말이 없느냐는 질문에 일진 스님은 다음과 같이 대답했다.

"수행자는 꽃과 같아야 합니다. 겉잎이 질 때 속에서 새로운 꽃잎이 올라옵니다. 꽃처럼 새롭게 피어날 줄 아는 마음을 지녀야 합니다. 새로운 꽃잎들이 어우러져 꽃을 이루는 것이고, 그 새로운 꽃들이 어우러져 꽃밭을 이루는 것입니다. 수행자의 마음이 각기 새롭게 피어날 때 승가공동체도 화엄의 꽃밭이 될 수 있습니다."

자신이 서 있는 자리에서 자신을 보라

◇ 정우 스님

스님은 통도사에서 홍법 스님을 은사로 사미계를, 월하 스님을 계사로 구족계를
수지하셨다. 구룡사, 여래사 등 통도사 포교당을 건립해 도심 포교의 모범을 보
이셨다. 조계종 중앙종회의원, 통도사 주지, 군종교구장 등을 역임하셨다.

❯ 상좌를 생각하는 은사의 마음이 어떠할까? 홍법 스님이 군 복무 중인 정우 스님에게 보낸 편지에서 그 마음을 들여다 볼 수 있다.

정우 친전親展.

상별相別 후 소식 없어 운산원천雲山遠天에 북녘 하늘 바라보며 네 용모가 그립던 차에 수서手書를 받고 보니 반갑기 그지없다. 그간 몸 건강히 군무에 충실하다 하니 더욱 반갑다. 이곳은 너희의 수호로 산중이 무고하니 안심하라. 그리고 엄동설한 매서운 추위도 조국수호의 임의무任義務로 알고 직분을 다하라.

염념보리심하면 처처안락국이니 불자의 본분을 호지護持하여 청정을 오염치 말고, 영예롭게 귀사歸寺를 고대한다.

여기는 오랜만에 눈이 내려 월백설백천지백月白雪白天地白한대 산심야심여사심山深夜深汝思心이라 한결 네 모양이 비치는구나. 말로써 무슨 위안이 되겠느냐. 이만 줄인다.

1월 18일 홍법 합장

편지 내용 중 "월백설백천지백한대 산심야심여사심이라 한결 네 모양이 비치는구나."라는 구절이 아름답다 못해 가슴이 저릿하다. 솜이불을 깔아놓은 듯 눈 쌓인 산사의 마당에 달빛이 내리고, 산새도 잠든 야밤에 은사는 상좌를 그리며 문을 열고 바깥을 내다본다.

이 편지는 1974년 정우 스님이 군대에 있을 때 은사인 홍법 스님이 보낸 글이다. 정우 스님은 일반 사병으로 복무했음에도 호국황룡사와 호국일월사 등 군 법당을 2곳이나 세우는 원력과 실천을 보였다. 이러한 행장을 보면 정우 스님이 군종교구장을 역임한 것도 우연의 일치는 아닐 것이다.

정우 스님이 은사를 모신 기간은 고작 10여 년에 불과했다. 홍법 스님이 세랍 49세에 입적했기 때문이다. 비록 그 기간은 짧았지만 평생을 함께한 법연 못지않게 홍법 스님과 정우 스님은 사제 간의 정을 나누며 가르침을 주고받았다.


은사와 함께한 일주일,
백 년보다 값진 시간


정우 스님은 국민학교 4학년 때 고승들의 행장을 들으면서 막연하게 출가해야겠다는 생각을 가졌다. 어릴 때 꿈은 운전사였다. 돌이켜보면 스님의 꿈은 차를 모는 운전사에서 운명을 이끄는 운전사로 바뀐 것이다.

일가친척 중 출가한 스님이 있어 특별한 원력을 세우지 않았어도 인연에 이끌려 출가할 수 있었다. 1965년 정읍 내장사로 출가한 정우 스님은 3년 동안 전국의 절을 찾아다니는 만행을 했다.

한번은 조계사에서 수행하는 신태 스님을 만나러 갔다. 그런데 조계사에 속가의 이웃집 형인 성안 스님도 수행을 하고 있었다. 신태 스님과 성안 스님이 똑같이 통도사의 홍법 스님을 찾아뵈라며 추천서를 써주었다. 두 스님은 통도사 강원에서 홍법 스님에게 경전을 배운 인연이 있었다. '얼마나 덕 높은 분이기에 두 스님이 다 만나보라는 것일까?'라는 생각이 들었다.

정우 스님은 추천서를 들고 홍법 스님을 친견하기 위해 통도사로 향했다. 통도사는 대가람이었고, 적멸보궁 특유의 신령스러움이 깃들어 있는 도량이었다. 홍법 스님은 추천서를 읽은 뒤 인자한 웃음을 지으면서 "잘 왔다."고 짧게 말했다. 정우 스님은 객실에서 하룻밤을 묵은 뒤 자청해서 행자실로 거처를 옮겼다.

3년간 승려생활을 한 뒤라 행자생활은 어려울 게 없었다. 정우 스님은 통도사 강원을 마치고 군에 입대해 군 법당을 여는 등 군 포교에 매진했다. 전역 후에는 은사를 모시고 태백산 청원사에서 일주일을 보냈다. 당시 홍법 스님은 건강이 좋지 않았다. 정우 스님은 청원사에서 휴식을 취한 뒤 홍법 스님이 건강을 회복하길 바랐다. 은사와 함께 보낸 청원사에서의 일주일을 잊지 못하는 정우 스님은 그때를 이렇게 회고한다.

"그 일주일 동안 평생 나눌 이야기를 다 한 것 같아요. 그때 저는 매일같이 은사 스님을 모시고 산행을 다녔어요. 그리고 저녁에는 담소를 나눴어요. 스님에게서 들은 이야기는 두고두고 제게 지남의 가르침이 됐어요. 특히 출가자의 본분사에 대해서 많은 것을 배울 수 있었어요. 의상대사 법성게에 '일념즉시무량겁一念卽是無量劫'이라는 구절이 있습니다. 찰나의 시간이 영겁과 같다는 의미입니다. 제게는 그 일주일이 백 년보다도 값진 시간이었어요."

홍법 스님은 "수행자는 최소한의 음식을 먹고, 최소한의 잠을 자고, 최소한의 승복만 입으면 된다."라고 가르쳤다.

한번은 홍법 스님과 부목처사가 입씨름을 했다. 부목처사가 홍법 스님의 방 아궁이에 장작을 많이 넣자 홍법 스님이 장작 4개를 도로 꺼냈다. 은사의 방이 차가운 것을 알고서 정우 스님이 말했다.

"스님, 방바닥이 너무 찹니다. 이러다가 병이 나면 큰일입니다."

"방바닥이 뜨뜻하면 수마가 몰려와 수행만 방해한다. 또 손님이 와도 떠날 생각을 않는다."

비록 속내를 다 드러내지는 않았지만 은사의 의중을 읽을 수 있었다. 은사 스님은 자신의 몸을 따뜻하게 하느라 쓰는 땔감이 아깝고, 또 부목처사가 추위에 떠는 게 안타까웠던 것이다.

# "내 생전에 법문 듣다가
박수 치기는 처음이야"

홍법 스님은 지관, 월운 스님과 함께 해인사 강원 1기로 졸업한 강백이다. 당시 월운, 지관, 홍법 스님은 차세대 3대 강사라고 불릴 만큼 촉망받았다. 은사가 일찍 입적한 까닭에 정우 스님은 은사의 도반들로부터 대신 가르침을 받았다.

"인사드리는 자리에서 어른 스님들은 으레 '은사가 누구냐?'라고 물으셨어요. 그리고 은사 스님의 법명을 들으면 저를 다시 찬찬히 살펴보셨어요. 많은 어른들이 당신의 상좌처럼 저를 보살피고 가르쳐 주셨어요."

그 외에 녹원, 보성, 석주, 일타, 고산 스님 등 한국 근대사에 우뚝 솟은 선맥들도 자애로운 가르침을 아끼지 않았다.

통도사에서는 어른 스님들이 아비를 잃은 손자를 살피듯 정우 스님을 보살폈다. 홍법 스님이 위중했을 때 경봉 스님이 "통도사를 다 팔아서라도 홍법 스님을 살려야 한다."고 했다 하니, 통도사에서 홍법 스님의 덕망이 얼마나 높았는지 알 수 있다.

경봉 스님은 사미였던 정우 스님에게 '부모미생전父母未生前 본래면목本來面目' 화두를 내려줬다. 이 화두는 잠을 자는 동안에도 잊어서는 안 되는 것이 되었다.

벽안 스님은 1976년 정우 스님에게 "젊은 세대는 불교계의 구습을 타파해 사회 변화에 부응해야 한다."는 요지의 편지를 보내기도 했다. 특히 월하 스님은 손상좌인 정우 스님을 살뜰하게 보살펴줬다.

정우 스님은 스물다섯 살 때 통도사 대웅전에서 대중이 다 모인 가운데 법문을 했다. 이 자리에는 월하, 벽안 스님도 있었다. 두 스님은 청법가도 함께 불렀다. 어른들의 배려로 정우 스님은 법상에 앉아서 자신이 생각하는 불교관에 대해 허심탄회하게 털어놓았다.

무사히 법문을 마치긴 했으나 '도사 앞에서 요령 흔드는 꼴' 같아서 겸연쩍었다. 하여 어른 스님들에게 인사를 드리러 가자 월하 스님이 먼저 운을 뗐다.

"오늘 법문이 참으로 좋았어."

"내 생전에 법문 듣다가 박수 치기는 처음이야."

벽안 스님이 옆에서 맞장구를 쳤다. 구참久參의 안목으로는 법문이라고 보기에도 부끄러운 수준이었을 텐데 두 어른은 정우 스님을 치켜세웠다.


## 도심 포교와 군 포교에
## 원력을 세우다

통도사는 물론이고 종단의 어른들로부터 신망을 받다 보니 자신감이 붙었다. 1980년대 초반, 정우 스님은 서울 강남으로 가서 도심 포교에 팔을 걷고 나섰다. 이때 동국대 이사장으로 있던 월하 스님이 든든한 후견인 역할을 해줬다.

구룡사는 원래 종로구 가회동에 있었다. 한옥 보존 마을이어서 중창 불사가 어려워지자 정우 스님은 현재의 구룡사 부지에 천막을 치고 임시법당을 개원했다. 2년간 천막에서 법회를 보고, 다시 2년간 가건물에서 법회를 가졌다. 열악한 환경인데도 월하 스님은 스스럼없이 구룡사 법회에서 법문을 해줬다. 말 그대로 정우 스님의 도심 포교를 증명해준 것이다.

이후 구룡사는 강남을 대표하는 도량이 되었다. 그리고 정우 스님의 포교의 대명사로 불리게 되었다. 그도 그럴 것이, 정우 스님이 국내외에 세운 포교당이 무려 20여 곳에 달한다. 이러한 업적은 일제강점기에 도심 포교당을 40여 곳 세운 통도사 구하 스님에 비견할 만하다. 이후 정우 스님은 출가도량인 통도사 주지로 가서 도량을 일신했고, 군종교구장에 임명돼 군 포교에도 남다른 원력을 보였다.

정우 스님은 통도사에서 출가한 인연을 무량한 복덕이라 여기고 있다. 금강계단이 있는 영축총림인 데다 부처님의 진신사리를 모신 적멸보궁인 이유도 있지만, 그보다 더 복된 것은 자애롭고 지혜로운 홍법 스님을 은사로 모실 수 있었고, 은사가 입적한 뒤에는 아름드리나무와 같은 어른들을 모실 수 있었기 때문이다.

또한 정우 스님은 조계종단의 중요 소임들을 맡은 것에 대해서도 불보살님들의 가피라고 여기고 있다. 남다른 원력과 실천이 없었다면 불가능했을 발자취이지만, 정우 스님은 온전히 자신의 공덕이라고 보지 않는다. 그 이유가 무엇일까? 그 해답을 정우 스님의 말에서 찾을 수 있다.

"자신이 서 있는 자리에서 자신을 볼 줄 알아야 합니다. 나이가 들수록 지나온 시간이 순식간처럼 여겨집니다. 지구가 태양을 한 바퀴 도는 시간이 365일 5시간 46분입니다. 그리고 지구의 자전속도를 환산하면 시속 1,669킬로미터입니다. 참으로 빠른 속도지요? 우리의 삶도 다르지 않습니다. 쏜살같이 지나는 게 인생입니다. 잡으려고 하면 미처 손 쓸 새도 없이 사라지는 빛 같은 것이지요.

황망하기 짝이 없는 신기루 같은 인생에서 우리가 유일하게 깨어 있을 수 있는 길은 바로 자신이 선 자리에서 자신을 보는 것입니다. 그러면 자신이 홀로 존재하는 게 아니라 다른 사람들과의 관계 속에서 존재한다는 것을 알게 됩니다. 이는 지구가 돌고 있는 순간에 태양계의 행성들도 돌고 있는 것과 같은 이치이며, 은하수의 별들이 외따로이 빛을 발하면서도 서로 상관해서 별자리를 만드는 것과 같은 이치입니다."

# 남해 바다를 울산으로 물려받은 대장부

◇ 정휴 스님

스님은 남해 태생으로 밀양 표충사로 출가하셨다. 《불교신문》 및 《법보신문》 사
장, 불교방송 상무를 지내는 동안 문서 및 음성 포교의 새 장을 개척하셨다.
1971년 《조선일보》 신춘문예에 시조가 당선되셨으며, 여러 권의 불교 서적을
출간하셨다.

❯ "그 눈깔을 빼다가 성보박물관에 봉안해야 하는 데⋯⋯."

고은 시인이 회고하는 정휴 스님의 인상이다. 필자가 그 이유를 묻자 고은 시인은 이렇게 덧붙였다.

"이 세상이 유위법有爲法이 아닌 무위법無爲法으로 이뤄져 있음을 이미 알고 있는 눈입니다. 텅 비어서 외려 충만한 범종 소리 같은 그런 눈입니다."

유위법과 무위법의 차이를 극명하게 알려주는 일화가 있다.

양 무제가 달마대사에게 물었다.

"화상께서는 어떤 가르침을 가져와서 사람들을 가르치려 하십니까?"

"어떤 가르침도 가져오지 않았습니다."

"나는 수많은 절을 짓고 수많은 학승들을 거기에 살게 했습니다. 또한 불법을 펴기 위해 많은 대학을 세웠습니다. 양나라를 불법의 보배로 가득 채웠으니 내 공덕이 얼마나 되겠습니까?"

"공덕이 없습니다. 청정한 지혜의 본체는 원래 비어 있으므로 세상의 유위법으로는 공덕을 구하지 못합니다."

양 무제는 가사를 걸치고 《방광반야경放光般若經》을 강설했고, 오경의주五經義注 200권과 그 밖의 논술을 편찬할 만큼 불교에 애정이 깊고 교리에 밝았다. 그런데도 왜 달마대사는 공덕이 없다고 말했을까? 이유는 간단하다. 현세의 유위법에 집착했기 때문이다.

무위란 자연 그대로 두어 인위를 가하지 않는 것을 일컫는다. 그리고 현상을 초월해 상주하는 존재를 일컫기도 한다. 비유하자면 무위는 바람과 같다. 천년 전에도, 만년 전에도 바람은 불어왔다. 그 바람에 나뭇잎이 흔들렸다. 그리고 천년 후에도, 만년 후에도 바람은 불어올 것이다. 그 바람에 나뭇잎이 흔들릴 것이다. 이처럼 자연은 스스로 그러한 무위한 존재다.

## "내가 너에게 줄 유산은 바다뿐이다"

그렇다면 정휴 스님의 두 눈에 깃들어 있다는 무위법의 정체는 무엇일까? 스님의 행장에서 그 정체를 찾아볼 수 있다.

정휴 스님은 아버지가 세상을 떠나고 몇 해 뒤에야 직접 자신의 출생신고를 했다. 출생신고는커녕 부모님의 혼인신고조차 이뤄지지 않은 상태였다. 그래서 정휴 스님은 아버지의 사망신고를 하러 갔다가 자신의 출생신고와 부모님의 혼인신고까지 해야 했다. 남해바다를 유산으로 물려준 아버지는 남해바다의 물거품처럼 사라지고, 정휴 스님은 아버지의 유언대로 남해바다처럼 큰 대장부가 된 뒤의 일이다.

정휴 스님은 승려로는 드물게 서사문학을 남기는 등 독특한 이력을 지니고 있다. 1971년 《조선일보》 신춘문예 시조 부문에 당선돼 문단에 나왔으며, 주목할 만한 구도소설을 2편이나 남겼다. 1편은 경허 스님의 행장을 제재로 한 《슬플 때 우리 곁에 오는 초인》이고, 다른 1편은 죽음에 대한 심원한 탐구가 돋보이는 《열반제》다. 두 작품 중 《열반제》를 간단히 소개하고자 한다. 이 작품 속에 정휴 스님의 뼈아픈 가족사의 한 대목이 담겨 있기 때문이다.

소설 속 석엽 스님은 남해의 한 가난한 집안에서 태어났다. 술과 여자에 탐닉하며 살아온 아버지는 석엽에게 "내가 너에게 줄 유산은 바다뿐"이라고 말할 만큼 가장으로서 역할을 다하지 못했다. 눈치 빠른 독자는 이미 간파했겠지만 석엽 스님의 가족사는 바로 정휴 스님의 이야기다. 출가 전 정휴 스님의 이력에서 가장 주목할 대목이 있다면 어린 남동생의 죽음이다. 스님으로부터 직접 당시 상황에 대해 들은 바 있는데, 그 내용이 소설 《열반제》에 잘 묘사돼 있다.

동생은 아버지가 바다에서 돌아온 어느 날 아침 숨을 거두었다. 어머니는 땅바닥을 치며 통곡했다. 울고 있다기보다 가슴 한쪽이 찢기고 헐어 무너지는 것 같은 오열을 내뱉었다.

아버지는 동생을 담요로 싸가지고 땅거미가 짙게 깔린 산길을 따라 공동묘지로 가서 땅 속에 묻었다.

나는 처음으로 이 세상에 태어나 죽어 있는 시체를 볼 수 있었고, 또 땅 속에 묻히는 것을 볼 수 있었다. 그때 나는 먼저 아버지와 함께 동생을 땅 속에 묻고 산천에 돋아 있는 꽃망울을 허망하게 보면서 생존과 소멸의 처절한 인과 관계를 생각했다.

동생을 묻고 하산할 무렵 앞산에서 뻐꾸기 소리가 들려왔다. 그리고 이후부터 밤이면 소쩍새의 울음소리가 유리 파편처럼 뇌리에 와 꽂히며 아물어가는 상처를 건들곤 했다. 이때마다 나는 동생의 죽은 넋이 소쩍새가 되어 찾아오는 것이 아닌가 하는 깊은 환상에 빠졌다. 그러면서 소쩍새는 저렇게 울음을 뱉어냄으로써 자기 슬픔을 연소한다는 것을 발견했다. 그때 나는 갑자기 울고 싶어졌다. 가슴 안에 꽉 차 있는 회한을 밖으로 끄집어내고 싶었고, 동생을 다시 기억할 수 없는 망각의 무덤에 묻고 싶었다. 그러나 그 일은 허망했다. 동생을 잊으려고 할 때마다 동생의 환영은 더욱 확대되어 마음속에 자리했다. 그래서 나는 할 수 없이 밤마다 소쩍새 소리를 기다려야 했고, 그 소리는 동생의 환영을 내면에서 키우는 결과가 되었다.

동생이 죽고 3일 후였다. 아버지는 밤 열두 시가 넘도록 돌아오지 않았다. 우리는 초조한 마음으로 아버지가 돌아오기를 기다렸다. 아버지는 밤 한 시가 넘어서 돌아왔다. 그런데 취해 있으

리라고 예상했던 아버지는 술을 잡숫지도 않고 침울하고 적막한
어조로

"많이 기다렸지?"

하며 힐끗 우리를 쳐다보며 자리에 앉았다. 모든 것을 체념해버
린 듯한 아버지의 모습이 우리를 긴장케 했다.

"밤늦게 어데 갔다 오셨습니까?"

불안하고 초조한 마음으로 내가 물었다. 그때처럼 내 어깨에 힘
이 빠져버린 적도 없었다.

"네 동생을 보고 왔다."

동생을 보고 왔다고 태연히 말하는 바람에 우리는 놀라고 말았
다. 마치 아버지가 공동묘지에서 온 망령이 아닌가 착각할 정도
로 여유 있고 태연한 모습이었다. 그것이 우리를 또 불안케 했다.

"그놈이 보고 싶어 다시 파서 본 다음 두 손에 과자를 쥐여주고
왔어."

아버지의 말은 울음과 절망으로 뒤섞여 있었기 때문에 식구들도
울지 않을 수 없었다. 방 안은 갑자기 울음바다가 되었다. 얼마나
안타깝고 보고 싶었으면 땅 속에 묻어놓은 아들을 다시 보고 왔
을까.

나는 피를 토할 듯한 슬픔을 삼키면서 동생 이름을 신들린 사람
처럼 불렀다. 그리고 부친의 정이 얼마나 사무쳤으면 두 손에 과
자를 쥐여주었을까를 생각했다. 아버지는 두 손에 쥐여준 과자

로써 아들에게 그리고 아버지로서 할 일을 다했음을 깊이 깨달았다. 그 후 아버지는 실신 상태가 될 때까지 술을 마셨다.

폭음과 도박을 일삼던 아버지, 죽은 자식의 무덤을 파서 두 손에 과자를 쥐여준 아버지, 그리고 바다를 유산으로 물려준 아버지는 동일인이다. 집을 떠나서 출가 사문이 되고, 선교禪教에 두루 밝은 선지식이 된 뒤에야 정휴 스님은 아버지가 물려준 유산이 드넓은 남해 바다였음을 깨달았다. 하지만 어릴 적에는 자신이 물려받은 것이 가난밖에 없다고 생각했다.


# 나고 죽음을 버리면
# 적멸이 즐거움이 된다

정휴 스님을 사문에 들게 한 것은 한학을 공부한 속가의 고모였다. 원체 명민했던 스님은 경전을 읽는 대로 경구들을 외웠음은 물론이고 그 심원한 가르침을 이해했다. 스님은 일찌감치 부산 범어사, 김천 직지사, 경주 불국사, 보은 법주사 등 불교전문강원의 강사를 지냈고, 이후 《불교신문》 편집국장, 주필, 주간, 사장, 《법보신문》 주간, 주필, 사장, 불교방송 상무 등을 역임하면서 문서 및 영상 포교에 매진했다. 또한 조계종의 입법부인 중앙종회의원으로 7선을 하면서 종헌종법을 정비하는 데 크나큰 공로를 세웠다.

이처럼 바쁜 일정에도 스님은 집필활동을 꾸준히 했다. 앞서 언급한 서사문학 외에도 고대와 근·현대 선사들의 행장을 소개한 《고승평전》, 《역대 종정 법어집》, 전강 선사의 평전 《깨친 사람을 찾아서》, 불교적 죽음관에 대해 심도 깊게 해설한 《적멸의 즐거움》, 《죽어서 시가 되는 삶이 있습니다》, 선불교적 시각에서 본 미술평론 《중광 평전》 등 다채로운 필체를 선보였다. 특히 스님만큼 불교적 죽음관에 천착하고 미적인 글쓰기로 승화시킨 작가도 없다.

소설 《열반제》에는 주요한 죽음이 세 번 등장한다. 첫 번째 죽음은 혜광 스님의 입적이고, 두 번째 죽음은 초연 거사의 좌탈입망坐脫立亡이고, 세 번째 죽음은 지성 스님의 입적이다. 셋 다 매우 입체적인 죽음이라는 점에서 주목할 만하다. 게다가 혜광 스님과 지성 스님은 스스로 목숨을 끊은 것이고, 초연 거사의 죽음 역시 자의적이라는 점에서 자살에 가깝다고 할 수 있다.

정휴 스님은 왜 이런 설정을 한 것일까? 스님은 내레이터의 입을 빌려서 아래와 같이 설명하고 있다.

사실 우리 눈앞에 보이는 개체는 영원히 존속할 자격을 갖고 있지 못하고 언젠가 소멸할 섭리를 갖고 있다. 그러나 비록 개체는 소멸해 죽어 없어지지만 개체의 근원, 즉 생존의 밑바닥에는 개체를 그 현상 형태로 만드는 우주의 질서가 있다.

내레이터의 입을 빌려서 정휴 스님은 "모든 존재는 시시각각 변화하고, 그 생멸이 없어지면 적멸이 즐거움이 된다"는 것을 깨우쳐주고 있다. 이 대목에서 중국 동산 스님의 말씀을 떠올리게 된다.

출가한 사람들은 무상한 것에 익숙하고 무관심해야 된다. 바로 여기에 진정한 정신적 수행의 삶이 있다. 사는 것은 일하는 것이고, 죽는 것은 쉬는 것이다. 그러니 슬퍼하고 통곡하지 말라.

그러고 보면 정휴 스님은 속명과 법명이 같다. 은사인 월산 스님이 속명을 듣고는 그대로 법명으로 쓰라고 했기 때문이다. 굳이 법명을 짓지 않아도 될 만큼 속명이 불법에 어긋남이 없었기 때문일 것이다. 정휴正休, 사전적 의미로 보면 '바르게 쉰다' 또는 '바른 쉼'을 뜻한다. 하지만 "사는 것은 일하는 것이고, 죽는 것은 쉬는 것"이라는 동산 스님의 가르침에 입각해 '정휴'를 해석하면 '무상한 이치를 깨달음으로써 죽음이 쉼에 지나지 않음을 아는 것'이 된다.

생각이 여기에 이르면 정휴 스님이 왜 그토록 선사들의 입체적인 죽음에 집착했는지 조금은 알 것 같다. 정휴 스님은 여러 저술에서 적멸의 의미에 대해 주목했다.

적멸이란 나고 죽음이 없는 법신의 본질을 뜻한다. 다만 세속적 의미로 해석하면 죽음은 참으로 고요한 빈자리라는 뜻이다. 그러니까 세상을 하직하고 막연히 떠난다는 것이 아니라 적멸을 이루고 참된 면목으로 돌아간다는 뜻이다. 특히 화장을 하는 사람은 불교에서 말하는 적멸의 뜻을 깊이 체험하게 될 것이다. 왜냐하면 육신을 태우고 나면 재만 남기 때문이다. 그러나 적멸은 고요와 소멸이 아니다. 그것은 법신의 태어남이요, 참된 자기 모습으로 돌아감이다.

부처님은 모든 생명에게는 생멸의 슬픔이 있다고 말씀하셨다. 그러나 생명을 완성한 사람에게는 죽음이 즐거움이 된다고 하셨다. 이 세상 모든 생명에게는 나고 죽음이 있다. 그러나 나고 죽음을 함께 버리면 적멸을 이루고 그 적멸은 끝내 즐거움이 된다.

―《떠나기 좋은 날이 따로 있느냐》


정휴 스님이 '적멸의 즐거움'의 사례로 든 선사들의 일화가 있다. 홀연히 자리에서 일어나 뜰을 거닐다가 나뭇가지를 붙잡고 임종한 승찬 대사, 대중과 대화를 나누다가 자리에서 일어나 길을 나서는 사람처럼 두어 걸음 걷다가 입적한 행인 선사, 물구나무서서 입적한 등은봉 선사, "내가 죽거든 시체를 소나무 밑에 드러내놓고 새와 짐승들의 먹이가 되도록 하라."는 유언을 남기고 입적한 법지 선사, 열반에 들었다가 제자들이 슬프게 울자 다시 눈을 뜨고 7일 동안 제자들의 어리석음을 깨우치고 입멸한 동산 양개 선사 등이다. 죽음을 입체적으로 표현한 선사들의 일화를 통해 스님은 삶과 죽음의 얽매임에서 벗어날 때 해탈의 자유를 누릴 수 있음을 역설한다.


## "한평생 돌고 돌아
## 한 발자국도 옮기지 않았네"

정휴 스님의 저술은 크게 두 가지로 나눌 수 있다. 하나는 할喝과 봉棒이라는 은유의 언어와 일탈의 몸짓으로 대중을 일깨워준 선사들을 통해 '미완의 부처'에서 '부처'로 나아가는 길을 제시한 글이다. 다른 하나는 육신을 홀로 두고 정신적 자아만 앞으로 걸어가는 입체적 죽음을 연출한 선사들을 통해 삶과 죽음이 없고 시작과 끝이 없는 자성을 깨달으면 적멸의 즐거움을 만끽한다는 것을 일깨워주는 글이다. 스님은 적멸의 본질이 자성회귀에 있음을 강조하면서 "한평생 돌고 돌아 한 발자국도 옮기지 않았네. 본래 그 자리, 그것은 천지 이전에 있었네."라는 은사의 열반송을 예로 들기도 했다.

적멸의 즐거움을 누구보다도 잘 아는 스님이기에 평생 도반인 오현 스님의 영결식 때도 문상객이 "얼마나 황망하시냐?"라고 물으면 "떠나기 더없이 좋은 날에 갔으니 이 얼마나 기쁩니까?"라고 반문했다.

정휴 스님의 작품들에 나타난 주제의식은 실존주의 조각가 알베

르토 자코메티Alberto Giacometti의 '걷는 사람'을 떠올리게 한다. 정휴 스님이 가장 좋아하는 조각가가 자코메티인 것은 우연의 일치가 아닐 것이다. 자코메티는 '걷는 사람'에 대해 이렇게 말했다.

"거리의 사람들을 보라. 그들은 무게가 없다. 어떤 경우든 죽은 사람보다도, 의식이 없는 사람보다도 가볍다. 내가 보여주려는 건 바로 그것, 그 가벼움이다."

뼈대만 앙상한 '걷는 사람'은 이파리와 가지를 모두 떨어뜨린 나목 같다. 겨울이 되면 산은 뼈대만 드러낸 나목들로 가득하다. 그 나목들의 숲에 눈이 내리면 공적空寂의 여운만이 감돈다. 계곡물조차 얼어붙은 겨울밤, 나목은 앙상한 뼈대로 달빛을 받으면서 서 있고, 숲은 모든 수식을 제거하고 본체의 아름다움을 드러낸다. 모든 욕망을 버릴 때, 그리하여 구하고 버리는 마음조차도 홀홀 털어버렸을 때 '적멸의 즐거움'에 충만할 수 있는 것이다.

자코메티는 2차 세계대전으로 인해 길거리에 이웃들의 시체가 발에 치이는 경험을 했다. 질곡의 역사 속에서 자코메티는 인간의 본질을 탐구했고, 그 결과물로 '걷는 사람'을 완성했다. 마찬가지로 정휴 스님은 지독한 가난과 어린 동생의 죽음으로 점철된 유년기의 상흔을 딛고 출가해 정신적 수행의 결과물로 많은 저술을 남겼다.

다시 원점으로 돌아와서 정휴 스님의 두 눈에 깃든 무위법에 대해 말해보고자 한다.

정휴 스님의 두 눈에는 남해바다의 파도가 밀려오고, 그 파도가 바위에 부딪혀 이내 물거품이 되어 사라지고, 그리하여 밤이 되면 만월을 싣고 어디론가 유유히 흘러간다. 모든 존재가 덧없이 흘러간다. 흘러가면서 시시각각 변화해 때로는 유정물이 되고 때로는 무정물이 된다. 생멸이 없으면 적멸의 즐거움만 남게 되는 이치가 정휴 스님의 시 〈운수 한 사람〉에 담겨 있다.

운수 한 사람이
소를 찾아 나섰다가
소를 버리고
집 없는 마을에 이르러
눈썹이 빠지고
코가 뭉그러져
앞을 보지 못했다.

몸속에서 비릿한 냄새가 나고
가슴은
젓갈로 녹아내리더니

그제야
사람을 보는 눈이 열리더라
사람이 되어 있더라.

수동적인 삶에 허락된

단 하나의 자유

◇ 종림 스님

스님은 동국대 인도철학과 졸업 후 지관 스님을 은사로 모시고 출가하셨다. 해인
사 도서관장, 월간 《해인》 편집장, 대흥사 선원장, 세계전자불전협의회 공동의장
을 역임하셨으며, 고려대장경연구소를 설립해 불전의 전산화 작업에 매진하셨다.

➤ "'나는 신이 만든 실패작이다.' 이 문장에서 '나'라는 일인칭 주어는 무엇인가요? '나'는 자아입니다. 자아란 인식, 의욕, 행동의 주체인 자기를 외계나 타인과 구별해 일컫는 말입니다. 그런데 주체와 객체의 대상을 구별 짓는 것은 누구인가요? 나인가요? 아닙니다. 나는 내 의지와는 상관없이 태어났습니다. 나는 부모님에게 나를 만들어달라고 부탁한 적이 없습니다. 느닷없이 태어나 내가 되었습니다. 그리고 끊임없이 타자들에 의해 규정지어졌습니다. 여기서 주어를 쓰지 않은 것은 생生 자체가 능동형일 수 없기 때문입니다. 수동형일 수밖에 없는 삶 앞에서 내가 택할 수 있는 것은, 내게 허락된 자유는 나를 버리는 것이었습니다. 그것이 바로 나의 출가 동기입니다."

종림 스님이 밝힌 출가의 변이다.

스님의 아버지는 마흔 살까지 전매청에서 근무했다. 전매청을 그만둔 후에는 농사를 지었는데 재주가 신통치 못했다. 그래도 당신의 마음만큼은 물푸레나무 가지로 휘저은 물빛처럼 청명해서 사랑방에 사람들이 항상 들끓었다.

6·25전쟁을 전후해 떠돌던 장돌뱅이들이 사랑방 단골이었다. 그들 중에는 탁발승도 있었다. 탁발승은 누가 시키지도 않았는데 싸리비로 마당을 쓸고는 "우주를 청소했으니 밥을 달라."고 했다. 종림 스님은 당시를 회고하며 이렇게 말했다.

"내가 중이 된 것을 보면 그 탁발승이 마당을 쓸면서 덤으로 내마음밭을 청소해줬던 것은 아닐까 싶습니다."

스님의 아버지는 가족에게도 한없이 자애로웠다. 형제는 6남매. 위로는 형 둘과 누나 하나, 아래로는 여동생 둘이 있었다. 아버지가 유일하게 자식들에게 강요한 것이 있다면 '자유'였다. 어릴 적 아버지가 입혀준 '자유'라는 옷은 참으로 헐렁해서 좋았다. 아무리 키가 자라고 덩치가 커져도 늘 품이 남았다.


유토피아를 찾아
사상의 지도를 그리다


고등학교 시절 스님은 《사상계》를 읽는 재미로 보냈다. 일찌감치 인문학에 눈을 떠 성균관대 동양철학과에 입학하려 했으나 동국대에 인도철학과가 생겼다는 것을 알고 궤도를 수정했다. 동국대 인도철학과에 입학한 후 스님이 한 일은 '사상의 지도'를 그리는 것이었다. 스님이 그린 지도에는 몇 개의 대륙이 있었는데, 가장 큰 대륙이 노장사상과 공산주의였다.

1964년 서울의 풍경은 남루하다 못해 을씨년스럽기 그지없었다. 한강변에는 전후 세대의 서글픈 잔해들이 나뒹굴었고, 산동네에는 누더기처럼 합판을 이어 만든 낮은 집들이 따닥따닥 붙어 있었다. 도심의 거리에서는 헐벗고 굶주린 사람들이 동냥질을 했다. 동전 한 닢, 쉰밥 한 덩어리에 욕설을 퍼붓고 삿대질을 하는 사람들은 야생에서 막 튀어나온 승냥이 같았다. 날마다 태양이 뜨고 졌으나 모두를 공평하게 비추지는 않았다.

스님은 사상의 지도에 유토피아를 그리기 시작했다. 중국의 무릉도원, 그리스의 헤스페리데스 동산, 로마의 엘리시온, 이스라엘의 에덴동산, 캄파넬라의 태양의 도시, 프랜시스 베이컨Francis Bacon의 노바 아틀란티스…….

인류가 꿈꿨던 이상세계는 굶주림이 없고 전쟁의 화가 미치지 않는 곳이었다. 그런 까닭에 스님이 처음 그린 유토피아는 공산주의였다. 스님은 틈나는 대로 도서관을 찾아 생시몽Saint Simon, 로버트 오언Robert Owen, 샤를 푸리에Charles Fourier 같은 공상적(혹은 이상적) 사회주의자들의 책을 읽었다. 하지만 공산주의는 머지않아 지도 위에서 점차 설 자리를 잃어갔다. 유물사관과 복고주의가 지닌 한계 때문이었다.

스님은 지도를 다시 그렸다. 비로소 스님의 지도에 노자와 장자의 나라가 그려지기 시작했다. 노자와 장자는 스님에게 달관의 생활태도를 가르쳐줬다.

노장사상의 요체는 무욕無慾으로 도의 경지에 다다라 자신을 그 세계에 맡기는 것이었다. 시비, 선악, 미추의 차별이 없고 생사가 둘이 아니라는 노장사상의 가르침은 웅장하고 막힘이 없었다. 범신론은 유신론과 달리 절대 실재로서의 신과 인간을 다르게 생각하지 않았다. 불교적으로 말하면 불이不二의 논리였다.

현실을 도피하지 못할 것이라면 현실 속에서 순응하고 싶었다. 한없이 낮은 곳으로 흐르면서 모든 것을 받아들이는 물의 도道처럼. 하지만 스님은 물 위의 기름처럼 사회에 섞이지 못했다. 섞이지 못할 바에는 세상의 제도에서 자유롭고 싶었다. 9만 리 상공에 떠 있는 붕새처럼. 그러나 9만 리 상공이 상상에서 떨어지면 자신은 한없이 작고 초라한 존재였다. 초탈의 철학은 그렇게 이상과 실천의 괴리로 말미암아 좌절될 수밖에 없었다.


스님은 대학 3학년 때부터 불교 서적을 즐겨 읽었다. 가장 매혹적인 인물은 원효 스님이었다. 중국, 한국, 일본 동북아 3국에서 공통적으로 경으로 일컬어지는 것이 육조 혜능의 《법보단경法寶壇經》이라면, 보살로 칭송받는 이는 원효 스님뿐이었다. 원효 스님을 주목한 까닭은 중국 선불교에서 자유로웠다는 점과 사회관계에서 민족과 국가를 위한 태도를 취하지 않았다는 점이었다.

원효 스님은 백고좌회百高座會(국가를 위해 《호국인왕경》을 설하는 강좌)에 참석하지 않았다. 이는 호국불교 입장에 서지 않은 것으로 볼 수 있다. 스님이 바라본 불교는 민족의 종교도, 지배자의 종교도, 민중의 종교도 아니었다. 원효 스님이 무애가를 지어 부른 것은 프롤레타리아적 개념의 민중이 아니라 불교적 의미에서의 중생을 위한 것이었다. 원효 스님을 통해 나선형으로 전진하는 세계를 보았다. 불교는 역사적 인간의 직선적 세계에도, 종교적 인간의 순환적 세계에도 기울지 않았다.

유토피아와 현실, 도피와 현실 사이에서 좌충우돌하는 사이 대학 시절이 지나갔다. 졸업 후 스님을 기다린 것은 날 선 제복의 군대였다. 군대에서 스님은 소위 말하는 고문관이었다. 군복은 물론이고 군대의 모든 직선문화가 스님에게 어울리지 않았다. 군대도 스님 같은 부류의 인간은 별로 필요로 하지 않았다.

종갓집에서 태어나 한 달에 한 번씩 제사를 지냈으면서도 제사상을 차리는 법은 물론이고 제례 절차도 잘 모를 정도로 모든 제도에 대해 생래적으로 알레르기 반응을 보인 스님이었다.

군대에서 맡은 보직은 화약 보급병이었다. 선임하사는 "저 새끼는 두드려 맞아야 눈에서 빛이 난다."며 구타를 일삼았다. 아프긴 했지만 견딜 만했다. 당시는 월남전이 한창이었다. 스님은 극한의 상황을 경험하기 위해 월남 파병에 자원했지만, 행운인지 불행인지 부대에서 놔주질 않아 꿈은 이뤄지지 못했다. 군대를 제대하고 스님은 다시 사회로 버려졌다.


## 어떤 사상으로도 찾을 수 없었던 대답, '나는 누구인가?'

이제 할 일은 대학에서 공부를 더 하거나, 아니면 직장에 들어가는 것이었다. 그런데 둘 다 별로 내키지 않았다. 2년간 시간을 달라고 부모님께 부탁했다. 허락을 얻은 후 다시 사상의 지도를 그리기 시작했다. 도서관에서 이 책 저 책을 뒤적이는 동안 사상의 지도는 점차 복잡해져 갔다.

철학·종교학·심리학·역사학·분자생물학·물리학 등 사상의 지도에는 많은 국가와 도시가 세워졌고, 많은 군주들이 군림하다 쓰러졌다. 의식의 지도는 바닷속으로 침잠해 들어갔다. 모든 대륙을 삼킨 바다에는 안개만이 피어올랐다.

스님은 다시 '나'에 대해 고민했다.

어떤 사상으로도 찾을 수 없었던 나는 누구인가?

'내'가 '나'일 수밖에 없는 무엇이 있지 않을까?

스님은 그것을 찾기 위해 산문에 들었다. 속세에는 자신이 설 자리가 없다고 생각했다.

1971년 말부터 이듬해 초까지 스님은 《화엄경》과 《장자》를 읽었다. 두 책을 다 읽은 후 폭설주의보가 내린 어느 겨울날 오대산 월정사로 향했다. 이유는 집에서 멀었기 때문이다. 강릉행 기차 안에서 본 차창 밖은 백지처럼 하얬다. 강릉에서 월정사까지는 걸어가야 했다. 폭설로 인해 대관령이 막혔던 것이다. 월정사에서 한 일은 겨우내 장작을 패는 것이었다. 장작을 패면서 얕은 알음알이도 모두 내려놓았다.

겨울 산사는 고즈넉했다. 중이 되고 나서 가장 좋았던 것은 무엇이든 안 할 자유가 있다는 것. 그리고 아무것도 안 해도 하나 정도는 하고 싶은 것을 할 수 있다는 것이었다.


오대산에 막 신록이 돋을 즈음 스님은 해인사로 발길을 옮겼다. 월정사는 자신과 인연이 아닌 것 같았다. 늦깎이 출가이고 보니 스님은 행자 시절 내내 많은 이들로부터 전력에 대해 질문을 받았다. 그때마다 농사를 짓다가 왔다는 둥, 사랑에 실패해 왔다는 둥, 고아라서 떠돌이로 살았다는 둥 대충 생각나는 대로 둘러댔다. 굳이 대학 나온 이력을 밝히고 싶지 않았거니와, 내가 나를 모르는데 내 이력인들 어찌 알겠느냐는 심사였다.

스님은 가급적 침묵과 하심을 지키려고 노력했다. 성내지 않고 느긋하게 살아가는 모습을 보고 다른 행자들이 '설익은 도인'이라는 의미에서 '설도인'이라고 불렀다.

행자 시절 스님이 맡은 소임은 신도들에게 밥상을 내주는 간상看

床이었다. 곧잘 말썽이 생겨 행자 누구나 꺼리는 소임이었다. 하루는 강주실에 손님이 왔다고 해서 밥상을 차려 내갔더니 대학 때 은사인 서경수 교수가 앉아 있었다. 그 일로 인해 스님의 전력이 모두 드러났다.

행자 시절 사고를 친 적도 있다. 방장 스님의 결제 법문을 듣고 '깨달음의 유용성'에 대해 깊이 고민하다가 답을 찾기 위해 몰래 해인사를 빠져나와 지리산의 한 산장으로 향했다. 보름 동안 화두를 들고 분별의 세계를 뛰어넘고자 했다. 낮밤이 어떻게 바뀌는지도 모르고 시간이 흘러갔다. 당시의 기억은 이후 중노릇을 하는 데 두고두고 자양분이 되었다.

결국 먹을 게 떨어지자 화엄사로 내려가 보름쯤 있다가 해인사로 돌아왔다. 부실하게 먹고 밤낮없이 바깥공기에 몸을 노출시켜서 그랬는지 절에 돌아온 후 병이 나서 앓아누워야 했다. 몸을 추스른 후에는 다시 행자생활에 열중했다. 시간이 흘러 지관 스님을 은사로 모시고 사미계를 받았다. 비구계도 해인사에서 받았다.


## 출가를 통해
## 얻은 것은

출가를 통해 무엇을 얻었느냐는 질문에 스님은 다음과 같이 대답했다.

"세월이 많이 흘렀으나 나는 여전히 '나'입니다. 나는 누구일까요? 일차적으로 나는 '종림'이라는 물건입니다. 그러나 문제는 '내'가 무엇인지를 모른다는 데 있습니다. 불교에서는 이 같은 질문의 해답으로 '무아'를 제시합니다. 존재라는 것은 불변의 실체가 아니라 인연에 의해 얽혀 있는 상태입니다.

부처님이 보리수 아래에서 깨달은 것은 존재의 실상을 파악한 바에 따른 연기緣起의 법칙입니다. 연기란 인연의 생기生起를 뜻하는데, 인과 연이 화합해 결과를 낳고 서로 의지하는 관계성을 가리킵니다. '이것이 있음으로써 저것이 생긴다'는 연기의 논리는 상주불변하는 자성을 가진 실체로서의 존재를 부정합니다.

연기의 논리로 현상을 본 것이 제행무상諸行無常이고, 연기의 논리를 본체에 적용한 것이 제법무아諸法無我이며, 이에 따라 인간의 이상을 말한 것이 열반적정涅槃寂靜입니다.

인간의 모든 문제는 실재론적 사고가 낳은 결과입니다. 고정 불변하는 실체가 존재한다고, 아울러 있어야 한다고 생각하는 실재론적 사고는 피조물로서는 어찌할 수 없는 인격적 절대신의 관념이나 범신론적 실재의 개념을 싹트게 합니다. 이런 사고는 신과 인간, 본체와 현상, 주관과 객관이라는 이원론을 낳을 수밖에 없고, 이 실재론적 이원론은 존재를 상대화해 인간을 모순과 갈등 속에서 헤매게 합니다.

'무아'란 망아忘我의 황홀 상태나 무념무상의 무의식 상태가 아닙니다. 실체로서의 '아我'를 부정하는 것이지 행위의 주체가 없다는 말 또한 아닙니다. 출가를 통해서 나는 그것을 얻었습니다."

민주화운동에 앞장선 실천불교 의 상징

◇ 지선 스님

스님은 군부독재에 맞서 민주화운동의 선봉에 서셨고, 6월민주항쟁계승사업회 이사장, 실천불교전국승가회 의장 등을 지내셨다. 조계종단이 안정되자 모든 활동을 접고 30안거를 성만하셨다. 현재 백양사 방장 및 민주화운동기념사업회 이사장이시다.

❯ "저는 백양사에서 처음 들었던 염불 소리를 잊지 못합니다. 구곡간장이 녹아내리는 것 같은 소리였어요. 어릴 적 좋아했던 산조散調를 닮은 듯한 그 소리는 내 마음에 엷은 파문을 일으켰어요. 처음에는 진양조로 느리게 시작해 차차 급한 중모리, 자진모리, 이윽고 휘모리장단으로 바뀌어갔어요. 그때 왜 산조를 떠올렸는지 모르겠어요. 염불 소리에 삶의 희로애락이 깃들어 있는 것 같았어요. 가슴 깊이 사무친 시름이 녹아 있는 것 같았어요."

지선 스님은 일찌감치 글을 깨쳤다. 아버지의 부탁으로 외삼촌이 한글을 가르쳐준 덕분이었다. 그렇다고 아버지가 학식이 높거나 자식들에 대한 학구열이 남달랐던 것은 아니다. 어린 아들에게 글을 가르친 이유는 간단했다. 사랑방에 모인 사람들에게 책을 읽어줄 이가 필요했던 것이다.

마을 사랑방은 스님의 집 외양간이었다. 땅거미가 내려앉을 무렵이면 동네 어른들이 모여들었다. 스님은 한글을 배우고 나서부터 동네 사람들 앞에서 책을 읽었다. 사람들은 새끼를 꼬면서 책 읽는 소리에 귀를 세웠다. 이 도령과 춘향이가 한 쌍의 나비가 되어 달뜬 사랑놀이를 하는 대목에선 무릎장단을 치면서 기뻐했고, 심 봉사가 팔려가는 청이를 얼싸안고 우는 대목에선 손바닥으로 가슴을 치며 슬퍼했다. 사람들의 호응이 높아질수록 목청을 더욱 높였다.

사람들에게 좀 더 재미있고 감동적인 글을 읽어주기 위해서 장날이 되면 장에 나가 책을 빌려 오기도 했다. 당시 스님이 읽었던 책은 《춘향전》, 《심청전》, 《장화홍련전》, 《전우치전》, 《유충렬전》, 《서산대사》, 《원효대사》 등이었다. 어릴 적 스님이 맡았던 역할은 임진왜란 전후에 활동했던 전기수傳奇叟를 떠올리게 한다. 전기수는 사람들이 많이 모이는 저잣거리에서 소설책을 읽어주고 청중이 던져주는 엽전을 받아서 생활했다. 보수가 없다는 것만 제외하면 스님의 임무는 전기수와 다르지 않았다. 책을 읽으면서 스님은 화자가 일방적으로 얘기를 전달하고 청자가 경청한다고 해도 그 사이에는 미묘한 감정의 교류가 이뤄진다는 것을 알게 되었다.


## 도덕책과 부처님 전생담을
## 좋아한 소년


어릴 적부터 전기수 역할을 해서인지 국민학교에 입학한 뒤에도 국어와 도덕 과목을 제일 좋아했다. 학년 초에 교과서를 받으면 국어책과 도덕책을 펼쳐서 코를 박고 냄새를 맡곤 했다. 어른들은 이런 행동을 보고 뱃속에 회蛔가 들끓어서 그런다고 했다. 뱃속의 회가 기름 냄새를 탐해서 그런다고. 하지만 스님은 그렇게 생각하지 않았다. 뱃속의 회가 기름 냄새를 탐했는지 몰라도 자신이 탐한 것은 국어책과 도덕책에 실린 이야기와 교훈이었다.

불교에 관심을 갖게 된 것도 도덕책에 실린 부처님 전생담을 읽고서였다. 책에 나온 설산동자 이야기는 이러했다.

젊은 수행자가 설산에서 수행을 하고 있는데 멀리서 신묘한 음성이 들려왔다.

"꽃은 피어서 지고 사람은 태어나서 죽는다. 이 허무한 법칙은 생명이 있는 것들의 피할 수 없는 운명이다."

바람결에 실려 오는 게송을 듣고 젊은 수행자는 사위를 둘러보았다. 산 정상에 키가 크고 머리에 뿔이 난 나찰귀가 서 있었다. 젊은 수행자는 자신이 그토록 찾아 헤매던 깨달음이 나찰귀의 입에서 나오자 나찰귀에게 사정하지 않을 수 없었다.

"나찰귀야, 내 몸을 보시할 테니 마지막 구절을 읊어다오."

"나는 사람의 피를 먹고 사는 나찰귀인데, 어떻게 그런 게송을 읊었겠느냐?"

수행자가 계속해서 간청하자 나찰귀는 마지막 게송을 읊을 수밖에 없었다.

"사는 것과 죽는 것을 넘어버리면 생각의 얕은 꿈이나 망설임이 없어진다. 거기에 부처님의 깨달음이 있는 것이다."

수행자는 나무 위에 오른 뒤 아래로 몸을 날렸다. 나찰귀에게 자신의 몸을 보시한 것이다. 그러자 나찰귀가 제석천왕으로 변신했다. 제석천왕이 수행자의 마음을 떠보려고 나찰귀로 화현했던 것이다.

어린 스님이 보기에 이 이야기에는 이전까지 읽은 글과는 어딘가 다른 대목이 있었다. 이전에 읽은 글들은 재미와 교훈만 있었는데, 이 이야기에는 생사의 고통을 훌쩍 뛰어넘는 도저한 가르침이 담겨 있었다.

스님은 이 이야기가 좋아서 읽고 또 읽다가 끝내 외워버렸다. 출가 후에 안 사실인데 이 이야기는 "제행무상의 생멸법을 넘어버리면 열반락을 성취한다."는 《법화경》의 가르침을 극화한 것이었다. 어린 나이였지만 스님은 이 이야기를 읽으면서 어렴풋이 생의 비의를 느꼈고, 생의 근원적 물음에 답할 수 있는 길은 결국 출가밖에 없다는 사실을 무의식적으로 깨달았다. 그런 까닭에 어릴 적 읽은 부처님의 전생담이 출가 발심의 동기라고 할 수 있다.

# 백양사 염불 소리에
# 마음을 빼앗겨

스님은 중학교 2학년 때 출가했다. 엄밀히 말하면 가출이 결국 출가로 이어졌다. 가출과 출가는 한자의 순서만 바뀐 말인데 그 의미는 매우 다르다. 둘 다 집을 떠난다는 점에서는 동일하다. 하지만 가출과 달리 출가는 세속의 욕망을 떨치겠다는 원력이 있어야만 가능하다.

스님이 다닌 중학교는 집에서 10리 길이었다. 문둥이가 나타나 아이들의 심장을 파먹는다는 소문이 돌 정도로 외진 산길이라 친구들과 무리 지어 등하교를 했는데 그것이 발단이었다.

어느 날 세 친구가 가출을 하기로 뜻을 모았다. 살림이 넉넉지 못해 학비를 제때 내지 못하는 친구들이었다. 당시 스님은 왜 학교를 다녀야 하는가 의문을 가졌다. 학교를 다니는 이유는 좋은 직장에 취직하기 위해서였다. 하지만 스님이 생각하기에 그것은 삶의 궁극적인 목표가 될 수 없었다. 돈을 버는 게 목적이라면 일찌감치 직장에 다니면 될 일이었다.

1960년 5월 1일, 스님은 면소재지 사진관 앞에서 친구들과 만나기로 약속했다. 집을 나가기 전 부모님과 선생님에게 편지를 썼다.

이튿날, 친구들과 만나서 장성읍내로 나왔다. 그런데 정작 어디로 가야 할지 막막했다. 때마침 백양사행 버스를 본 일행은 우선 백양사나 둘러보자고 의견을 모았다.

"백양사는 그때도 대가람이었어요. 경내에 발을 딛는 순간 내 삶이 180도 바뀌었어요. 처음 온 곳인데도 불구하고 백양사가 정겹게 느껴졌어요. 가장 매혹적인 것은 법당에서 흘러나오는 염불 소리였어요. 그 소리를 듣고 있으니 어릴 때 읽었던 책들의 내용이 머릿속에 스쳐갔어요. 《심청전》의 한 대목, 심청이가 연꽃으로 화현하는 모습이 떠올랐어요. 저렇게 가슴 저릿하면서 숭엄한 소리가 있을까, 하는 생각이 들었어요."

스님은 백양사에 들어간 지 열흘 만에 삭발염의했다. 삭도의 날이 차가워 살점이 뚝뚝 떨어져 나가는 것 같았지만, 스님이 된다는 환희심이 밀려왔다. 사찰생활에는 비교적 잘 적응했다. 채공 소임에 이어 공양주 소임을 맡았다. 그렇게 1년을 보내고 1962년 5월 사미계를 받았다.


# 민초들의 신음을
# 달래주고 있는가


사미계를 받자마자 스님은 속가를 찾아갔다. 가족이 그리워서가 아니었다. 마을 사람들에게 삭발염의하고 가사 장삼을 수한 자신의 모습을 보여주고 싶었다. 그중에는 탁발승도 포함되었다. '스님'이라고만 불렸던 까닭에 법명을 알 수 없었던 무명초 같은 스님. 돌이켜 보면 겉모습은 다소 추레해도 민초들에게는 없어서는 안 되는, 민생고를 달래주며 민초들과 하나 되어 살아가는 그야말로 스님다운 스님이었다.

국민학교에 입학하기 전 스님은 열병을 앓았다. 전염병이었는데 여러 약을 써봤지만 효과가 없었다. 온몸이 불덩이처럼 뜨거워지자 어른들이 가마니에 싸서 마당 한구석에 던져놓았다. 그때 죽어가던 어린아이를 민간요법으로 구한 이가 그 이름 모를 스님이었다.

탁발승이 거처하는 곳을 아는 마을 사람은 없었다. 흥미로운 것은 지선 스님이 출가한 뒤로는 동네에 더는 나타나지 않았다는 사실이다. 많고 많은 고승대덕 스님들을 제쳐두고 지선 스님이 그 이름 모를 탁발승을 수행자의 전범으로 삼은 것은 민초들과 더불어 웃고 울을 줄 알았던 그 모습 때문이다.

지선 스님은 출가 후 질곡의 근·현대사 한복판에 서 있었다. 산업화라는 명분 아래 민주화의 요구가 압살되던 시절, 민초들의 아픔을 외면할 수 없었기에 민주투사의 역할을 다해야 했다. 1987년 6월 항쟁 당시에는 내란음모죄로 투옥되기도 했다.

스님에게는 감옥이 선방이었다. 이대로 형장의 이슬로 사라지는구나, 하는 생각에 참선이라도 하다 죽어야지 결심했다. 5·18 광주민주화 항쟁을 거치면서 김근태, 리영희, 함세웅, 고은 등 재야 인사들과 활발하게 교류했다. 《태백산맥》, 《아리랑》, 《한강》 등 대하소설로 한국 근·현대사의 유장한 흐름을 극화한 조정래 작가가 이 시대 최고의 선지식으로 서슴없이 지선 스님을 꼽는 것도 이 때문일 것이다.

지선 스님은 마음이 나태해질 때마다 곱씹어 생각한다. 백양사를 처음 찾았을 때 들었던 염불 소리처럼 대중의 신음을 달래주고 있는가를. 그리고 자신의 목숨을 건져준 이름 모를 탁발승처럼 민초들과 함께 숨 쉬고 있는가를.

한마음선원의 눈 푸른 납승

◇ 청고 스님

스님은 미국 워싱턴주 태생으로 산업심리학 박사 과정을 수료하셨다. 한마음선원장 대행 스님의 법문을 듣고 발심하여 보은 광명선원에서 사미계를 수지하셨다. 동국대 선학과 석사 과정을 마치고 한마음선원 산하 국제불교문화원 등에서 불경 번역에 매진하셨다.

❯ 청고 스님의 출가 이야기는 할아버지 대까지 거슬러 올라간다.

"스웨덴 태생이신 할아버지는 1차 세계대전 때 캐나다로 이주하셨어요. 전쟁터에 끌려가면 원하든 원하지 않든 살기 위해서 적군에게 총을 겨눠야 합니다. 할아버지는 산 사람을 죽인다는 게 싫으셨던 거예요. 캐나다로 향하는 배에서 멀미로 하늘이 노래지는 경험을 하셨어요. 속을 다 게워가며 간신히 버틴 끝에 캐나다 땅을 밟을 수 있었지요. 할아버지는 신대륙에 이주한 후 평생 농부로 사셨어요. 그런데 특이한 것은 농장에서 가축을 도살할 때가 있었는데, 할아버지는 가축의 피만 봐도 어김없이 토하셨다고 해요. 불살생의 계를 지킨 할아버지의 공덕 덕분인지 큰아버지와 아버지는 물론이고 사촌 형제까지도 질곡의 세월을 무탈하게 넘겼어요. 큰아버지는 2차 세계대전에 참전했는데 입대하자마자 종전이 되어 곧바로 가족의 품으로 돌아오셨고, 아버지는 6·25전쟁에 참전하지 않아도 되셨고, 사촌 형도 월남전에 참전했으나 다친 데 없이 집으로 돌아왔어요."

할아버지가 전쟁을 피해 미지의 신대륙으로 향했다면, 청고 스님은 전쟁 같은 삶의 피안을 찾아서 한국불교에 귀의했다.

할아버지의 공덕으로 스님은 개신교 전통이 강한 미국에서 어릴 적 교회를 다녔음에도 운명처럼 사문에 들었다. 국익이 사람의 목숨보다 우선할 수 없다는 신념으로 고국을 등진 할아버지의 삶과 깨달음을 얻기 위해 보장된 안락을 뿌리치고 홀연히 한국으로 온 청고 스님의 삶이 어딘가 닮았다.


## 호기심 많은 소년,
## 삶에 근원적 질문을 던지다

청고 스님은 1968년 미국 서북부 오리건주 동쪽의 존데이라는 마을에서 태어났다. 고향 마을은 오후가 되면 낮잠을 자야 하는 사막 지역이었다. 산림부에서 근무하는 아버지와 초등학교 교사로 일하는 어머니, 그리고 두 살 아래 여동생이 있었다. 아버지는 할아버지에게서 물려받은 낙천적인 성격으로 얼굴에서 웃음이 떠나지 않았고, 어머니는 항상 집안을 청결하게 정리해 가족이 생활하는 데 조금도 불편함이 없게 했다.

가족은 청고 스님이 일곱 살 되던 해 워싱턴주로 이주했다. 이사한 지역도 한적하고 풍광이 아름다운 곳이어서 자연을 벗 삼아 지낼 수 있었다. 황혼이 붉게 물들 무렵 서부영화에서 볼 수 있는 모자를 눌러쓰고 웨스턴 부츠를 신은 카우보이가 유유히 말 떼를 몰고 와 기차에 태우는 모습이 스님의 기억 속에 유년의 수채화로 남아 있다. 당시의 기억에 대해 청고 스님은 정확한 한국어로 "기가 막히게 멋진 풍경이었다."라고 회고했다.

워싱턴주에서 청고 스님은 매우 특별한 경험을 했다. 세인트헬렌스산이 폭발하는 것을 보고 대자연의 무서움을 몸소 느낀 것이다. 세인트헬렌스산의 폭발 위력은 히로시마에 투하된 원자탄 3만 3,000개가 폭발한 것과 같은 규모였다.

당시 가족이 직접적인 피해를 입지 않았지만, 2주 동안 학교가 문을 닫아 집에서 꼼짝도 하지 못하고 보내야 했다. 청고 스님은 세인트헬렌스산의 폭발 날짜가 의미심장하다고 말했다.

"1980년 5월 18일은 광주민주화운동이 일어난 날입니다. 세인트헬렌스산이 폭발하는 바람에 미국 사람들은 한국 땅에서 어떤 일이 벌어졌는지 몰랐어요. 어쩌면 화산 폭발은 전두환 신군부가 쿠데타로 정권을 장악한 사실을 알면서도 묵과한 미국 정부의 업보인지도 모를 일이지요."

대자연의 재앙과 정치권력의 파시즘이 무관하지 않다는 청고 스님의 주장은 '카오스 이론'을 떠올리게 한다.


중·고등학교 때 스님은 도서관에 있는 책들을 모두 섭렵할 정도로 독서광이었다. 불교를 처음 접한 것은 《내셔널 지오그래픽》지에 실린 종교 시리즈를 통해서였다. 글을 읽으면서 스님은 불교의 포용성에 깊은 감명을 받았다. 그리고 고등학교 1학년 때 필립 카플로 Philip Kapleau 선사의 《선의 세 기둥The Three Pillars of Zen》을 읽고 불교에 입문하게 되었다.

산림부에서 일하는 아버지를 따라서 곧잘 숲을 찾았던 까닭에 불교의 연기사상을 쉽게 이해할 수 있었고, 사회봉사를 다니는 어머니의 영향을 받아 불교의 자비 실천이 낯설지 않았다. 흥미로운 것은 어릴 적 교회를 다니면서 가졌던 반감이 불교에서는 느껴지지 않았다는 사실이다.

스님은 기독교가 타력신앙이라는 점이 마음에 걸렸다. 모든 게 주님의 뜻이라는 유일신교의 맹목적 신앙관은 삶에 대한 근원적 질문을 던지는 호기심 많은 소년에게 궁극적인 해답이 될 수 없었다. 역으로 스님이 불교에 강한 매력을 느낀 것은 불교가 자력신앙이기 때문이었다. 깨달으면 누구나 부처가 되어 생사해탈의 경계에 다다를 수 있다는 가르침이 매혹적으로 다가왔다.

불교를 접한 후 스님의 손에서는 불교 서적이 떠나지 않았다. 하지만 기독교 전통이 강한 미국에서 불교 서적이나 불교 용품을 구하는 게 그리 쉽지 않았다. 당시 읽었던 책들의 대부분은 남방불교의 교리를 담은 것이었다. 그래서 오온五蘊이라든지 윤회라든지 하는 개념들을 익힐 수 있었다. 가장 인상 깊었던 책은 인도 아소카왕의 일대기를 다룬 것이었다. 남의 종교를 파괴하는 일은 내 종교를 파괴

하는 것과 같다는 아소카왕의 가르침은 불교가 지닌 포용성을 그대로 반영한 것이어서 울림이 컸다.

　스님은 불교 서적을 읽으면서 염주나 향 같은 불교 용품의 필요성을 절감했다. 심란할 때마다 염주를 한 알 한 알 굴리면 파도치는 격정이 금세 잔잔한 수면처럼 고요해질 것 같았다. 방 안에 향도 피워 놓고 싶었다. 제 몸을 태워 그윽한 향기를 퍼뜨리는 향연을 보고 싶었다. 홀연히 사라지는 연기를 보면서 속진에 찌든 욕망을 떨쳐버리고 싶었다. 그래서 불교 용품들을 우편으로 신청해 구입했다.


# 시시각각 다가오는 죽음을
# 피할 수 없다면


　오하이오주립대에 입학한 스님은 산업심리학을 전공했다. 대학 초년 시절 인간의 무의식에 대해 탐구했는데, 다양한 정신분석 이론 중 가장 설득력이 있어 보였던 것은 카를 구스타프 융Carl Gustav Jung의 사상이었다. 융의 집단 무의식 이론이 유식학과 제법 상관이 있다는 것을 나중에 출가한 후 불경을 공부하다가 알게 되었다.

　"융의 이론은 어느 부분 불교사상과 상통합니다. 특히 집단 무의식 개념은 심리적 기제를 개체에서만 찾지 않고 계통발생학적으로 규명하려고 했다는 점에서 불교의 유식학에 빚지고 있습니다. 융은 원형이 영구히 의식되지도, 소멸되지도 않는 것이라고 설명했습니다. 원형은 본능적인 것으로 항상 의식 아래서 인간의 생명을 지탱하는 것이죠. 유식학에서 아뢰야식은 모든 식의 근원입니다. 아뢰야식은 우리가 삶에서 경험하는 모든 것들, 즉 몸으로, 입으로, 마음으로 짓는 모든 업業까지 저장되는 것입니다. 그것은 감각기관으로 지각되는 것이 아닙니다. 따라서 무의식이라고 할 수 있으나, 프로이트의 무의식 개념보다는 융이 주장한 원형을 둘러싼 콤플렉스에 가깝다고 할 수 있습니다.

유식학에서는 삼성三性, 즉 변계소집성遍計所執性, 의타기성依他起性, 원성실성圓成實性을 중시합니다. 변계소집성이란 인간은 분별에 의해 사물을 보기 때문에 오해가 생긴다는 것입니다. 의타기성이란 세상의 모든 것은 서로 의존적으로 존재한다는 것이고, 원성실성이란 인식과 대상의 구별이 없는 진여眞如의 세계를 말합니다. 유식학의 심성은 고스란히 융의 '개성화의 과정'과 일치합니다. 개성화의 과정이란 의식과 무의식이 조화를 이루는 것을 말합니다."

청고 스님은 산업심리학으로 석사, 박사 과정까지 밟았으니 이 분야에서는 제법 앞길이 탄탄한 학자였다. 그런데 박사 과정을 마치고 졸업논문만 앞둔 시점에서 스님은 자신이 걸어온 길을 되돌아봤다.

산업심리학은 기본적으로 자본주의 시스템에 입각한 학문이어서 학습 과정의 면면을 살펴보면 소비자들의 심리에 맞춰 제품을 생산,

관리하는 방법과 사원들의 심리에 맞춰 기업을 경영하는 것이 주류를 이루었다. 단순히 돈을 잘 벌어 안온한 생활을 영유하는 것이 삶의 목적이라면 해볼 만한 공부였다. 함께 공부한 친구들도 대체로 졸업 후 높은 연봉을 받고 사회에 진출했다. 하지만 스님은 생각이 달랐다. 아무리 호화로운 생활을 해도 시시각각 다가오는 죽음의 시간을 피해 갈 수 없었다. 그렇게 시름이 깊어가던 차에 스님 앞에 나타난 사람이 있었다. 바로 한마음선원의 대행 스님이다.


## 대행 스님을 통해
## 한국불교의 정수를 보다


청고 스님과 대행 스님의 운명적인 만남은 1992년 여름에 이뤄졌다. 오하이오 한마음선원 분원에 대행 스님이 법문을 하러 왔을 때 우연히 참석하게 된 것이다. 청고 스님이 오하이오 한마음선원에 가게 된 것은 한국인 친구 덕분이었다. 청고 스님은 대행 스님의 법문을 듣자마자 "저분의 말씀이야말로 내가 진실로 원했던 해답"이라는 결론을 내렸다. 수많은 불교 서적을 독파했지만 그 많은 책이 대행 스님의 법문에 미치지 못했던 것이다.

당시 대행 스님은 한 외국인에게 "당신은 안을 찾아야 한다."고 설했는데, 그것이 마치 자신에게 한 말처럼 느껴졌다. 대행 스님에 대한 존경심은 대행 스님의 영어 법문집《건널 강이 어디 있으랴No River to Cross》의 서문에도 잘 나타난다.

> 대행 스님은 한량없는 자비심과 일체를 꿰뚫어보는 통찰력으로 법을 청하는 모든 이에게 가르침을 주신다. 어떤 환경에 처해 있든 간에 깨달음의 세계로 곧바로 들어갈 수 있는 길을 일러주시기에 어느 누구라도 스님의 가르침을 실천해 깨달음에 이를 수 있다. 우리의 앞을 가로막는 것은 우리를 에워싸고 있는 주변 환경이 아니라 궁극적으로는 바로 우리의 생각이다. (중략) 우리에게 대행 스님은 이 안개가 걷히는 방법을 일러주실 뿐만 아니라 자성自性이 우리를 대자유인으로 이끌어줄 수 있는 힘을 지녔음을 보여주신다.

대행 스님을 만나기 전까지만 해도 한국불교는 중국과 일본불교의 일부를 복제한 아류처럼 보였다. 대행 스님을 통해서 한국불교의 정수를 보았고, 한국에는 선지식들이 대대로 계승되어 오고 있음을 깨닫게 되었다.

대행 스님을 뵙고 나서 청고 스님은 수시로 자신에게 물었다.

'뭘 원하지?'

'출가.'

대답은 한결같았다.

처음에는 한국에서 교환교수로 근무하는 것을 고려했다. 하지만 자신이 진실로 하고 싶은 것은 지식을 쌓는 공부가 아니라 지식을 비움으로써 완성되는 마음공부라는 것을 누구보다도 잘 알았기에 더는 고민할 필요가 없었다.

1년간 자신에게 묻고 답한 끝에 1993년 여름 한국행을 결심했다. 출가하기로 결단을 내리고 그간 저축한 돈과 차와 집기와 옷가지들을 모두 자선단체에 기부했다. 모든 것을 훌훌 털어버리고 무소의 뿔처럼 혼자서 가기 위해서였다.

스님이 김포공항에 도착한 것은 오전 6시, 대한민국의 첫인상은 청렬함이었다. 하늘이 구름 한 점 없이 맑고 파랬다. 공항에는 청아 스님이 마중을 나와 있었다. 청아 스님은 오하이오주립대에서 함께 공부한 학우였다. 청고 스님은 공항에 내리자마자 청아 스님과 함께 움직였는데, 두 사람의 발길이 닿은 곳은 충북 보은의 광명선원이었다. 솔숲을 스치고 가는 바람이 '서둘러'라고 외쳐가며 살아온 지난 세월의 속진을 단숨에 날려버리는 듯했고, 산야에 메아리치는 범종 소리는 하늘 끝까지 올라가서 지구의 뭇 생명들을 위무하는 듯했다. 청고 스님은 광명선원이 오랜만에 찾은 집처럼 아늑하게 느껴졌다.

온 마음을 다해 간절히 원한 출가였던 터라 무리 없이 행자생활을 마치고 사미계를 받았다. 그렇다고 해서 행자생활이 쉬웠던 것은 아니다. 음식은 맵고, 옷은 작았으며, 수행을 하다 보면 무릎이 아프고 다리가 저렸다. 서구문화에 익숙한 스님에게 절집의 생활은 어느 것 하나 쉬운 게 없었다. 게다가 한국어가 서툴러 다른 스님들과 의사소통이 힘들었다.

미국에서 수학한 청아 스님은 그러한 문화적 이질감을 누구보다 이해해줬다. 청아 스님의 노력에 힘입어 다른 사형들도 따듯하게 대하기 시작했다. 하루는 가장 무서워했던 사형이 청고 스님을 몰래 공양간으로 불러 식빵과 딸기잼을 건네준 일도 있었다. 그 일을 계기로 청고 스님은 차갑게만 보이는 사형들의 이면에 따듯한 인정이 있음을 알게 되었다. 광명선원 주지인 무애 스님도 어학원을 다닐 수 있게 배려해줬다.

광명선원 원주인 청암 스님은 사찰 불사에 필요한 자재를 사러 서울에 갈 때마다 청고 스님을 데리고 갔다. 청고 스님은 그때 처음으로 경복궁과 동대문 등 유서 깊은 서울의 문화재들을 둘러볼 수 있었다. 자애로운 청암 스님은 이태원으로 데려가 피자를 사주기도 했다.

사형들의 인도에 따라 청고 스님은 차츰 중물이 들어갔고, 1993년 혜거 스님을 은사로 사미계를 수지했다. 이어 1998년 통도사에서 비구계를 수지함으로써 여법한 출가자가 되었다.

# 마음의 눈을 떠
# 보이지 않는 것조차 보리라

정식으로 승려의 길을 걷게 된 청고 스님은 자신에게 법연의 기회를 준 대행 스님이 보고 싶어졌다. 1993년에 잠시 대행 스님을 만난 적이 있으나, 인사만 하고 돌아왔던 터라 대행 스님에 대한 그리움이 더욱 커져만 갔다. 그러던 차에 한마음선원에서 영어법회를 주재할 사람이 필요하다는 말을 듣고 자신이 해야 할 일이 무엇인지 깨닫게 되었다.

1999년, 청고 스님은 바랑을 챙겨 한마음선원에 들어갔다. 그 후로 영어법회를 주재함은 물론이고 대행 스님의 법문을 비롯해 국내 불교 서적을 외국어로 번역하는 작업에 매진했다.

청고 스님은 근·현대 한국불교사에 금자탑을 쌓은 경허, 만공, 용성, 한암 스님 등 고승대덕들의 가르침을 세계에 널리 알리는 일에 서원을 세웠다. 2003년 동국대 선학과 석사 학위 논문이 〈한암 선사 서간문 연구〉라는 것만 봐도 스님의 작업이 하루 이틀 이어져 온 것이 아님을 알 수 있다. 한암 스님에게 남다른 존경심을 품은 데에는 은사인 혜거 스님의 영향이 컸다. 혜거 스님은 오대산 월정사 문중으로 한암 스님의 법맥을 계승한 탄허 스님의 제자였다. 청고 스님이 한암 스님에 대해 "깨달음과 행동이 일치했던 수행자의 지남"이라고 평가하는 데는 나름의 이유가 있다.

"한암 스님은 이렇게 설하셨습니다. '깨달음을 얻기 전의 수행은 비교적 쉽다. 왜냐하면 내가 무엇을 하는지, 수행의 목표가 무엇인지 알 수 있기 때문이다. 그러나 깨달음을 얻은 후의 수행은 더 어렵다. 왜냐하면 수행의 목표가 분명하지 않기 때문이다.' 한암 스님의 말씀은 수행자라면 깨달았다고 해도 끊임없이 자신을 돌아봐야 한다는 것을 일깨워주고 있습니다. 끝까지 경계하라는 말씀입니다."

한암 스님을 수행자의 지남으로 삼는 청고 스님. 스님의 최종 목적은 심안개오心眼開悟, 즉 마음의 눈을 떠서 보이지 않는 것조차 보는 것이다. 수행자에게는 점안의 대상도 주체도 그 자신일 수밖에 없다.

"많은 선승들이 수행을 죽음과 비교했습니다. 수행자라면 자신의 욕망은 물론이고 두려움까지도 내려놓을 줄 알아야 합니다. 어떤 사람들은 평온하게 고통 없이 죽는가 하면, 어떤 사람들은 마지막 순간까지 발버둥치고 소리를 지르며 죽습니다. 평온하게 삶의 욕망과 두려움을 내려놓을 것인지, 아니면 고집스럽게 삶의 욕망과 두려움에 집착할 것인지는 바로 자신의 몫일 것입니다."

수행자의 자존심

권력 앞에 비굴하지 않은

◇ 청화 스님

스님은 오랜 방황 끝에 정식 출가하셨고, 《불교신문》과 《한국일보》 신춘문예에
시조가 각각 당선되며 시인으로 등단하셨다. 국민적 열망인 민주화의 실현을 위
해 정토구현승가회에 참여하신 데 이어 실천불교전국승가회를 창립하셨다. 현
재 실천불교전국승가회 상임고문이시다.

©현대불교신문

❯아버지는 아들이 국민학교에 입학하는 걸 마뜩찮아
했다. 나름대로 공부를 많이 했으나 입신양명의 꿈을 이루지 못하고
보니 배운 만큼 출세하지 않으면 외려 불행해진다고 여겼다. 그래서
아들이 부지런한 농부가 되어 땅을 넓혀가길 바랐다.

　　하지만 어머니는 생각이 달랐다. 완고한 남편의 뜻을 꺾고 아들
을 국민학교에 입학시켰다. 간신히 국민학교에 들어갔지만 아들은
제대로 공부할 시간이 없었다. 방과 후에는 농사를 도와야 했고, 농
번기에는 숫제 학교조차 갈 수 없었다. 이러다 보니 자연히 공부에
흥미를 잃게 되었다.

　　누구나 어릴 때는 부모에게 사랑받고 싶은 마음과 부모를 부정하
고 싶은 마음, 그런 양가감정이 있다. 스님도 예외는 아니었다. 어린
시절 스님은 특별한 이유 없이 집이 싫었다. 집 울타리 너머를 바라
보는 시간이 많아졌고, 그럴수록 멀리 떠나고 싶은 욕구가 점차 커
져갔다. 한 번도 경험하지 못한 미지의 세계는 가슴 뛰는 두려움이
자 설렘이었다. 아득히 먼 곳에서 생면부지의 사람들을 만나고 싶었
으나, 염소를 몰고 야산으로 나갔다가 멀리 흘러가는 구름만 바라보

다 오는 소년에게 농촌 마을은 하나의 우주였다. 새로운 곳에도 갈 수 없었고, 새로운 사람도 만날 수 없었다. 유일하게 미지의 세계를 경험할 수 있는 길은 독서였다. 스님에게 불교를 가르쳐준 것도 책이 었다.

스님이 어릴 때 가장 감명 깊게 읽은 것은 소설가 춘원 이광수의 글이었다. 이광수의 산문집을 읽고서 산사에 대한 동경심을 갖게 되 었다. 책을 덮을 때마다 가슴속에 어느 고즈넉한 산사의 풍경 소리가 울려 퍼지는 듯했다. 이광수의 글을 접한 뒤 스님은 소설가가 되기로 결심했다. 절에 들어가면 춘원처럼 명문을 쓸 수 있을 것 같았다.

그렇게 절을 처음 찾은 것이 열네 살 때였다.


## 잊을 수 없는 부처님,
## 댓돌 위의 하얀 고무신

가을비는 젖배 곯은 아이의 울음처럼 스산하고 구슬펐다. 날씨 때문인지 마음도 우울했다. 황금빛으로 물결치는 가을 들녘도 머지 않아 휑하니 비워질 것이라고 생각하니 마음 한편이 저릿했다. 비바 람에 흔들리는 나뭇잎들이 어느 한곳에 정착하지 못하는 마음을 대 변하는 것 같았다. 부슬비를 맞으며 스님은 집 뒤 야산으로 올라갔 다. 산꼭대기에 보현암이라는 조그만 암자가 있었다. 언젠가 먼 친척으로부터 그곳에 비구니 스님이 수행하고 있다는 얘기를 들은 적이 있었다.

멀리 서 있는 암자가 어서 오라고 손짓을 하는 것 같았다. 암자라고는 하지만 규모가 작아서 여염집과 다를 바 없었다. 기와지붕을 인 법당과 그 옆에 자리 잡은 초가지붕 요사채가 전부였다. 처음 눈에 띈 것은 요사채 댓돌 위에 놓인 하얀 고무신이었다. 가을 산사의 운치 때문이었을까. 시간이 멎은 것처럼 마음속에 정적이 감돌았다. 고무신을 바라보고 있으려니 그간 한없이 떠나고 싶었던 마음이 댓돌 위에 가지런히 놓여 있는 것 같았다.

걸음을 옮겨 법당으로 향했다. 법당의 문은 닫혀 있었다. 법당 안에 무엇이 있는지 몹시 궁금했다. 문틈으로 안을 살펴보니 한가운데에 부처님이 모셔져 있었다. 부처님을 보자 마음속에 뎅, 놋쇠 소리가 들려왔다. 물여울처럼 잔잔하게 울려 퍼지는 마음속 소리의 반향을 들을 수 있었다. 부처님을 보는 순간 안도감이 느껴졌다.

집으로 돌아오는 내내 하얀 고무신과 부처님의 모습이 번갈아가며 떠올랐다. 시간이 지나면 잊히겠거니 싶었지만 부처님이 이미 마음 한가운데 들어와 좌선에 들었는지 날이 갈수록 그날의 기억이 또렷해졌다.

법당 문틈으로 바라본 부처님의 지극히 평온한 모습이 심상을 고조시켰던 것일까. 스님은 소설을 읽다가도 산사가 나오면 몇 번이고 다시 읽었다. 산사에 대한 동경이, 산사에 대한 짝사랑이 깊어져 도저히 기억 속에서 그리워하며 살 수 없는 지경이 되었다. 그래서 마침내 집을 떠나기로 결단을 내렸다.

열여섯 살의 어느 늦겨울 날이었다. 처마 밑 고드름이 남아 있을 무렵이어서 아침저녁으로 찬바람이 드세게 불었다. 차가운 방바닥에 누워 뜬눈으로 밤을 지새운 스님은 먼동이 터오는 새벽녘에 집을 나섰다. 때마침 진눈깨비가 내리고 있었다. 여명이 밝지 않은 깜깜한 어둠 속에 흩날리는 진눈깨비는 서러웠다. 떠나는 날 왜 하필이면 진눈깨비가 내리는가 싶어 마음도 주위의 풍경처럼 어두워졌다. 잠시 문을 열고 머뭇거리다가 심지를 굳히고 신발을 신었다. 20리 길을 걸어야 오수역에 닿을 수 있었다.

스님의 목적지는 서울이었다. 큰 절이 어디에 있는지, 절에 들어가려면 어떻게 해야 되는지 전혀 몰랐던 당시로서는 서울에 가는 것만이 유일한 출가의 길이었다. 오수발 서울행 열차는 저녁에 출발했다. 몇 시간을 기다려 완행열차에 지친 몸을 실었다. 피곤했지만 마음이 뒤숭숭해 잠이 오질 않았다. 간절히 원해서 떠나는 발걸음인데도 환희심보다는 슬픔이 앞섰다. 집을 떠난다는 사실에 감정이 북받쳤다. 차창 밖으로 스쳐가는 이름 모를 마을들을 바라보며 스님은 소리 죽여 울었다. 서울에 간다고 해도 누구 하나 기다려주는 사람도 없다는 사실이 스님을 더욱 불안하게 했다. 기차가 서울에 닿을 때까지 쉴 새 없이 눈물이 쏟아졌다.

저녁에 출발한 완행열차는 다음 날 새벽이 되어서야 용산역에 닿았다. 용산역의 새벽은 불온해 보였다. 무엇을 노리는 듯 젊고 건장한 사내들이 힐끗힐끗 행인들을 훔쳐보았고, 어둔 골목길에선 낮은 휘파람 소리가 새어 나왔다. 두려움이 엄습해왔다.

그때 누군가 스님을 불렀다. 험악한 얼굴을 한 젊은 사내였다. 사내는 스님을 어두운 골목길로 데리고 가더니 주먹으로 명치를 내려쳤다. 스님은 허물어지듯 쓰러졌다. 사내는 갖고 있는 돈을 다 내놓으라고 협박했다. 세상 물정 몰랐던 스님으로서는 그저 그 자리를 피하고 싶은 마음뿐이었다. 스님은 주머니에 있던 돈을 다 꺼내줬다. 그래봤자 자장면 몇 그릇 값이었다. 사내가 침을 뱉으면서 가방을 뒤졌다. 가방에는 시집 몇 권과 일기장밖에 없었다.

"돈도 없이 서울에 올라왔어?"

돈이 없는 것을 확인하자 사내가 엉덩이를 걷어차며 면박을 줬다.


## 아이스께끼 통을 내려놓고
## 노스님을 따라

사내의 올가미에서 벗어난 스님은 갈 곳을 몰라 서성이다가 전차의 철로를 따라 무작정 걷기 시작했다. 그러다 발걸음이 멎은 곳이 전차의 종점인 효자동이었다. 효자동에 이르니 날이 밝았다. 배가

고프고 어지러웠다. 어디 가서 밥 한 그릇 달라고 부탁할 만한 주변 머리도 없어서 망연자실 벤치에 앉아 있었다. 길 건너편에서 중년의 사내가 쳐다보는가 싶더니 다가와 "어디서 왔냐?"고 물었다. 자초지 종을 설명하자 사내가 아이스께끼 장사를 해보지 않겠느냐고 제안 했다. 다른 방도도 없고 해서 사내를 따라갈 수밖에 없었다.

아이스께끼 장사를 하려면 보증금이 필요했다. 사내는 사정이 딱 하다고 여겼던지 선뜻 아이스께끼 통을 내줬다. 그렇게 해서 생각지 도 못한 아이스께끼 장수가 되었다. 하지만 숫기가 없었던 터라 실적 은 저조했다. 소리를 지르며 골목을 돌아다녀도 시원찮을 판에 스님 은 아이들이 모여 노는 곳만 서성였다. 고작 5~6개를 팔았으니 자 장면 한 그릇 값도 안 되는 돈이었다. 실적은 나빴지만 사장은 꾸짖 지 않고 열심히 하라며 독려해줬다. 파김치가 되어 숙소에 들어가면 발 고린내가 진동했다. 2평 남짓한 방에서 10명 넘게 생활했기 때문 에 봄날인데도 더워서 잘 수가 없을 지경이었다. 며칠을 견디다가 결 국 일을 그만두었다.

아이스께끼 통이 있든 없든 당시 스님이 할 수 있는 일이라고는 걷는 것뿐이었다. 터벅터벅 걷다 보니 시야에 절이 들어왔다. 조계 사였다. 안으로 들어가 법당 앞 의자에 앉아 있으니 한 노스님이 유 심히 지켜보았다. 군데군데 기운 옷을 입은 노스님이 해맑은 웃음을 지으며 "어디서 왔냐?"라고 물었다. 스님은 그간의 일들을 설명했다. 그렇게 해서 노스님을 따라간 곳이 구파발에 있는 진관사였다.

청화 스님을 진관사로 이끈 사람은 일명 누더기 스님이라고 불리던 해룡 스님이었다. 진관사에 도착하니 스님을 기다리고 있는 것은 고단한 행자생활이었다. 당시 진관사는 사찰 건축물의 대부분이 6·25 전쟁 때 전소되어 산신각을 법당으로 쓰고 있었다. 법당 터를 닦고 시주를 받는 등 불사가 한창이어서 행자가 해야 할 일이 끝도 없었다. 그러다 보니 행자생활에 회의가 들기 시작했다.

밖에서 상상했던 절과 들어와서 직접 몸으로 겪어본 절은 너무도 달랐다. 우선 글을 읽고 쓸 수 없다는 것이 가장 힘들었다. 절에 들어온 동기가 문학공부를 하기 위해서였는데, 정작 절에선 글 한 줄 읽는 것조차 여의치 않았다. 더욱이 당시는 은사와 상좌의 관계가 매우 엄격해서 행자 처지에 무엇을 상의할 수도 없었다. 절에 머물 수도, 그렇다고 귀향할 수도 없는 난감한 처지였다.

스님은 진관사를 몰래 빠져나와 서울역 인근의 약국을 돌며 수면제를 사 모았다. 여러 약국에서 치사량의 수면제를 산 후 여관에 들어갔다. 수면제를 입안에 털어 넣고 그대로 잠들었다. 그런데 죽을 팔자가 아니었던지 그날 경찰 검문이 있었다. 경찰은 굳게 닫힌 방문을 뜯고 들어와 스님을 구했다.

눈을 떠보니 병원이었다. 아버지가 옆을 지키고 있었다. 음독 직전 부모님께 올리는 유서를 썼는데 그걸 보고서 경찰이 집에 연락한 것이었다. 아버지를 보는 순간 얼굴이 달아올랐다. 부끄러워서 차마 눈을 뜰 수가 없었다.

스님은 아버지의 손에 이끌려 집으로 돌아가야 했다. 그러나 집은 결코 평안한 휴식처가 되지 못했다. 한번 마음먹고 떠났던 집에 다시 돌아왔다 생각하니 견딜 수가 없었다. 하지만 후유증 때문에 통원치료를 받아야 하니 달리 선택의 여지가 없었다. 그 후로 2년 동안 집에서 농사를 지었다. 물 흐르듯 살자고 다짐하고 또 다짐했지만 세월이 흘러도 고향 집에 뿌리를 내릴 수 없었다.

다시 집을 나가는 데 결정적 영향을 끼친 것은 소설가 이광수였다. 한 작가가 습작 시절 이광수를 찾아갔던 일화를 읽은 것이다. 작가가 이광수에게 문학에 대해 묻자 이광수는 "불교 경전은 읽어봤느냐?"라고 반문했다. 작가가 "읽은 바 없다"고 말하자 이광수는 "불교 경전도 읽지 않고 어떻게 작가가 되길 꿈꾸느냐?"고 꾸짖었다.

그 글을 읽고 나서 제대로 출가하여 스님다운 스님이 되자고 결심했다. 경전에도 파묻혀보고, 수행삼매에도 빠져보자고.

스님은 스물한 살에 양주 용문사로 정식 출가했다. 출가 후에도 문학에 대한 열정을 버리지 못해 끊임없이 소설 습작을 했다. 쉬운 일은 아니었다. 낮에는 대중생활을 해야 하니 밤에만 창작의 시간이 주어졌다. 책상머리에 앉아 무엇을 쓸 것인가 고민하다 보면 어느새 날이 밝아왔다. 나중에는 병까지 얻었다. 불면증, 소화불량, 신경쇠약, 황달을 앓고 나니 생의 의지가 박약해졌다. 결국 그간 습작했던 원고지들을 불태워버리고 건강을 챙기기로 결심했다.

청화 스님이 병을 치료하러 간 곳은 동두천의 소요산 자재암이었다. 그곳에서 스님은 백일기도를 드렸다. 법당 앞 폭포에서 얼음을 깨고 냉수마찰도 했다. 처음에는 고통스러웠지만 쉬지 않고 보름 동안 기도하니 점차 몸이 회복되었다.

자재암을 나오기 직전 새해 벽두에 《동아일보》를 받아보고서 원각 스님의 〈목련〉이라는 시조가 당선된 사실을 알게 되었다. 지면에 실린 작품과 사진, 당선소감을 읽는데 눈에 불이 나는 것 같았다. 건강을 되찾은 만큼 다시 문학에 전념하기로 작정했다. 이때부터 스님은 소설에서 시로 전향을 했다. 쓰고 지우고, 쓰고 지우며 원고지를 메워갔다. 그 노력의 결실로 1977년 《불교신문》 신춘문예에 〈미소〉라는 시조가, 1978년 《한국일보》 신춘문예에 〈채석강 풍경〉이라는 시조가 당선되었다.

우여곡절 끝에 꿈꿨던 대로 출가하고 시인이 되었지만 스님은 수행하고 시를 쓰는 데만 전념할 수 없었다. 질곡의 역사가 거리로 나가라고 등을 계속해서 떠밀었기 때문이다.


## 수행자는 어떤 경우라도
## 자존감을 가져야 한다


청화 스님은 1986년에 발족한 정토구현승가회에 참여했다. 군부 독재로 말미암은 사회적 고통을 분담하고, 국민적 열망인 민주화를 실현하자는 게 정토구현승가회의 창립 목적이었다. 정토구현승가회는 민주화에 주력했고, 6월항쟁에서는 투쟁의 기치를 높이 들어 당시 노태우 민정당 대표로부터 6·29선언을 이끌어내는 데 일조했다. 민주화를 이룬 뒤 스님은 '무엇을 할 것인가'를 화두로 고민했다. 고민 끝에 찾아낸 것이 바로 종단개혁이었다.

바깥으로 향했던 눈길을 안으로 돌리자 해야 할 일이 명약관화했다. 그렇게 해서 1992년에 실천불교전국승가회를 창립했다. 실천불교전국승가회는 1994년 종단개혁의 마중물이 되었고 그 구심점에 청화 스님이 있었다. 하지만 스님의 불사 중 으뜸은 시 창작이었다.

"저는 다른 사람들에 비해 시를 쓰고 싶은 열정이 강한 편입니다. 기실 시의 본령은 서정성이죠. 등단하고 나서 86년도부터 재야운동에 발을 들이다 보니 내면적으로 갈등을 갖게 됐어요. 제가 쓰고 싶은 시는 결이 곱고 보드라운 서정시인데, 시를 쓰고 보면 너무 나약해 보이는 거예요. 그렇게 현실 인식과 시적인 감흥이 대립하다 보니 한동안 시를 못 썼었어요. 시를 못 쓰니까 정서가 피폐해지더군요. 청평사 주지로 있을 때 산속이라는 자연환경에 안기니 감정이 포근해져서인지 시의 본령을 되찾게 됐죠."

'수행자는 어떤 경우라도 자존감을 가져야 한다.' 청화 스님의 좌우명이다. 자존감을 지닌다면 지조를 내버린다거나, 힘 앞에 비굴해진다거나, 이익을 좇아서 의를 배신하는 행동은 하지 않기 때문이다.

청화 스님의 행장을 보면 스님의 시편 〈마침표〉가 떠오른다.

기차를 타면
한없이 가고 싶던
내 젊은 날은,
어느 간이역에서 몰래 내리고
더는 아무 데도 가고 싶지 않은
무거운 몸이 되었구나.

낯선 곳의
어스름 노을 속에
항구의 밤불빛 속에,
먼 한 채의 집을 찾던 나의 유랑은
단풍나무 잎이 지는 가을의 종점
닳은 신발을 벗었으니,

연못아
내 모습 비치는
거울 같은 연못아
여기, 날아간 바닷갈매기 그리고 있는 나는
어디로 가버린 것의 껍데기이냐

껍데기 비로소 벗어버린 알맹이이냐.

  돌이켜 보면 과거의 방랑에 마침표를 찍는 것인 동시에 현존하는
자신에 대한 물음표를 시작하는 것이라고 할 수 있다.

"소도 잊고 나도 잊는 깨달음 이루리라"

◇ 탁연 스님

스님은 먼저 출가하신 어머니를 따라 고교 졸업 후 수행자의 길로 들어서셨다.
중앙승가대 졸업 후 봉녕사 승가대학 강사를 지내셨으며, 조계종 문화부장과
불교중앙박물관장 등을 역임하셨다.

➤"왜 절에 왔노? 발심은 했나? 출가를 다 하고."

탁연 스님이 출가 후 인사를 드리러 갔을 때 성철 스님이 물었다.

"발심이라고 말씀드릴 수는 없고요. 그저 송아지가 어미 소를 따라왔습니다."

"뭐라꼬? 송아지가 에미 소를 따라왔다고? 그래, 그래! 네 말이 맞다, 맞아!"

머쓱해하는 탁연 스님을 보며 성철 스님이 박장대소했다.

당시 탁연 스님은 성철 스님이 네 살 때 만났던 어린애가 어엿하게 자라서 출가를 하겠다고 온 게 기특해서 한 말씀이라고 이해했다. 그런데 세월이 흐른 후 다시 생각해보니, 자신의 답변은 누가 들어도 참으로 그럴싸한 답이었다. 탁연 스님은 다만 발원했던 대로 어머니를 따라서 출가했다는 뜻으로 답한 것이었으나, 그 말은 깨달음을 좇아왔다는 의미도 지니고 있었기 때문이다. 소는 불가에서 흔히 중생들의 심성을 상징한다. 그래서 소를 참마음에 비유한 경전이나 큰스님들의 법문을 쉽게 만날 수 있다.

결과적으로 탁연 스님에게 출가는 모정을 찾아온 것이자 깨달음을 좇아온 것이 된다. 마치 송아지가 어미 소를 따라가듯이…….


## 모녀가 한 세숫대야에
## 삭발한 사연


6·25전쟁은 탁연 스님에게서 아버지를 빼앗아갔다. 스님이 태어난 것은 음력으로 1949년 12월. 그 이듬해 가을, 아버지는 공비들의 총에 맞아 스물두 살로 짧은 생을 마쳤다. 생후 9개월 만에 일어난 일이어서 스님은 아버지의 얼굴도 몰랐다. 진주 시내가 불바다가 되면서 아버지의 사진도 남김없이 태워졌기 때문이다. 스님이 유일하게 기억하는 아버지의 얼굴은 꿈속에서 본 것이다.

국민학교 5학년 때였다. 매년 아버지의 제삿날에 할머니를 따라 옥천사에 갔는데, 그해는 탁연 스님이 장티푸스를 앓아 제사에 참석하지 못했다. 그날 밤 스님은 사경을 헤매면서 생면부지의 어른과 들마루에서 노는 꿈을 꿨다. 할머니가 돌아오자 스님은 꿈 이야기를 들려줬다. 꿈속에서 본 남자의 인상착의를 말하자 할머니는 "네 아버지가 틀림없다."라고 했다.

스님의 어머니는 당시까지 혼인신고를 하지 않은 상태여서 호적이 깨끗했다. 할머니는 어머니를 곧잘 친정에 보냈다. 청상이 된 며느리의 앞날을 사돈어른들이 알아서 챙겨주길 바랐던 것이다. 하지만 어머니는 친정에 가면 한 달도 못 돼 시댁으로 다시 돌아왔다. 그런 며느리를 볼 때마다 할머니는 반갑기도 하고 불쌍하기도 하여 남몰래 눈물을 훔쳤다.

이런 일을 몇 차례 겪은 할머니는 며느리가 재가할 생각이 없다는 것을 알게 되었다. 그 후로는 절에 갈 때마다 항상 며느리를 데리고 다니면서 큰스님들의 법문을 듣게 했다. 발심해서 출가를 하면 더욱 좋고, 속세에 살더라도 부처님에게 의지해 살아갈 수 있도록 불법의 인연을 심어주기 위해서였다. 할머니와 어머니가 절에 갈 때면 탁연 스님도 강아지처럼 졸졸 따라가곤 했다. 성철 스님과의 첫 만남도 그렇게 해서 이루어진 것이다.

성철 스님이 통영 안정사에 주석할 때였다. 당시 성철 스님은 어린 탁연 스님을 무척이나 귀여워했다. 전후 사정을 듣고는 조만간 고아가 될 처지인 어린 계집아이를 가엾게 여겼던 것이다.

"큰스님의 무릎에 안길 때면 까끌까끌한 수염이 싫었어요. 그래서 아무리 오라고 손짓을 하셔도 슬그머니 엉덩이를 뒤로 빼고 도망을 쳤어요. 그러면 큰스님이 능금을 들고 재차 저를 부르셨어요. 철들고 나서 생각해보니 큰스님의 사랑을 받았다는 사실 하나만으로도 큰 복을 받은 것 같아요."

이곳저곳 절을 다니며 법문을 듣던 탁연 스님의 어머니는 마침내 출가를 결심하기에 이르렀다. 스님이 여섯 살 되던 해였다. 어머니가 출가 사찰로 정한 해인사 약수암까지 할머니와 할머니의 친구가 동행을 했다. 일행 중에는 어린 탁연 스님도 있었다.

"장일 스님을 은사로 모시고 어머니가 삭발하시던 날이 잊히지 않습니다. 혹여 그 광경을 보고 어린것이 울새라 할머니는 나를 업고 담장 밖으로 나갔어요. 눈치 빠른 나는 절대로 울지 않을 테니 삭발하는 모습을 보여달라고 졸라댔지요. 할머니는 마지못해 나를 다시 데리고 갔어요. 어머니의 삭발이 끝나기가 무섭게 나도 깎아달라며 머리를 들이밀었어요. 막무가내 고집쟁이의 뜻을 아무도 꺾을 수 없었던지 삭도를 든 스님이 내 머리털도 깎아주셨지요. 모녀가 한 세숫대야에 삭발을 한 것입니다. 같은 날 같은 장소에서 어미 소와 새끼 소가 동시에 탄생한 순간이었습니다."

그날 이후 탁연 스님은 '엄마' 대신 '우리 스님'이라고 불러야 했다. '우리 스님'이라는 말이 여간 어색한 게 아니었지만 엄격한 절의 법도를 따를 수밖에 없었다. 게다가 '우리 스님'을 졸졸 따라다니는 일도 제재를 당했다. 그래도 어머니와 함께 있다는 사실만으로도 마냥 즐거웠다.

그러던 어느 날, 갑자기 가족들이 집에 갈 채비를 했다.

"집으로 돌아갈 생각에 나는 한없이 신이 났어요. 할머니가 앞장을 서고 나는 우리 스님의 등에 업힌 채 많은 스님들이 뒤따라 나오는 걸 바라보았어요. 큰길에는 화물차가 한 대 서 있었어요. 군인들의 후송 차량처럼 긴 나무의자가 있는 차였어요. 차가 출발하고 얼마쯤 지나서야 비로소 우리 스님이 차 안에 없다는 사실을 알아차렸어요. 나는 울음보를 터뜨리고 말았지요. '우리 절이 안 보인다. 우리 스님이 안 보인다.'는 말을 반복하면서요.

겨우 여섯 살짜리가 어머니와 생이별을 했으니 그 맘이 오죽했겠어요? 할머니는 울고 보채는 어린것을 달래느라 진땀을 흘리셨죠. 궁리한 끝에 할머니는 진주에 닿기 전에 있는 절로 가자고 나를 달랬고, 그제야 나는 울음을 멈췄어요. 그때 머물렀던 절이 바로 진주 월명암입니다."


## 그리운 우리 스님, 그리운 어머니


이 세상에 어떤 아이가 어머니를 좋아하지 않을까만 짧은 인연을 예감했던지 탁연 스님은 어려서부터 유별나게 어머니를 따랐다. 틈만 나면 어머니 품을 파고드는 모습을 봐왔던 터라 어른들의 걱정이 이만저만이 아니었다. 그런데 염려했던 것보다 쉽게 어머니 없는 상황에 적응하는 것을 보고서야 어른들은 안도의 한숨을 내쉬었다.

탁연 스님은 어머니가 보고 싶을 때면 할머니에게 절 이야기를 꺼내곤 했다. 절에 가겠다는 약속을 받아내기 위해서였다. 절에 가면 어머니를 만날 수 있으리란 기대 때문에 탁연 스님은 자주 월명암에 갔다.

한번은 절에 갔더니 젊은 비구 스님이 기도를 하고 있었다. 그 스님은 법당에 들어가면 종일토록 목탁을 두드리며 관세음보살님을 염호했다. 스님이 아침 공양 후 법당에 가려고 준비하면 탁연 스님도 세수를 하고 법복으로 갈아입었다. 법당 안에 들어가면 탁연 스님의 태도가 180도 바뀌었다. 법당 밖에서는 천방지축 말썽꾸러기인데 법당 안에 들어서면 의젓해졌다.

매일같이 기도를 올리는 어린애의 모습을 눈여겨봤던 스님이 하루는 목탁 치는 것을 멈추고 아이의 기도 소리에 귀를 기울였다. 무엇을 그토록 간절히 비는지 알아보기 위해서였다.

"부처님, 우리 스님을 빨리 이곳으로 오게 해주세요."

목탁 소리가 그친 줄도 모르고 어린애가 축원을 하는 게 기특했다. 비구 스님은 다른 스님들과 의논해서 해인사로 편지를 보냈다.

"간절히 원하면 이뤄진다고 했던가요. 스님들의 도움으로 저는 우리 스님을 만날 수 있었어요. 불가의 엄한 전통을 생각했을 때 출가한 지 1년도 안 된 스님에게 출타 허락이 떨어졌다는 것은 매우 이례적인 일이었어요. 그러나 정작 우리 스님이 오던 날 나는 마치 낯선 사람을 대하듯 딴청을 부렸다고 합니다. 그런 걸 보면 어린 마음에도 출가한 스님을 속가의 인연으로 만난다는 게 부끄러웠던 것 같습니다."

월명암에서 집으로 돌아온 후 탁연 스님은 큰아버지와 큰어머니의 보살핌을 받으며 자랐다. 큰아버지의 호적에 이름이 올라 큰아버지를 아버지로, 큰어머니를 어머니로 불렀다. 그런 가운데서도 어머니와의 만남은 단절되지 않았다.

　　어머니는 동안거와 하안거를 마치면 어김없이 어린 딸을 찾아왔다. 때문에 탁연 스님은 어릴 때부터 결제일과 해제일을 염두에 두고 살았다. 어머니가 어쩌다 바빠서 못 오는 해도 있었지만 그렇다고 모녀의 만남이 끊이지는 않았다. 방학을 맞으면 할머니가 탁연 스님을 데리고 절로 찾아갔다.

　　소녀가 된 후 탁연 스님은 꿈을 갖게 되었다. 하나는 아이들을 가르치는 교사였고, 다른 하나는 출가해서 스님이 되는 것이었다.

　　"여고 1학년 겨울방학 때 우리 스님이 계시는 절에 갔더니 제 또래의 스님들이 4명 있었어요. 강원에서 공부하는 비구니 스님들이었어요. 같은 또래여서 스님들과 금세 친해질 수 있었어요. 그때 저는 비로소 절에도 경전을 공부하는 학교가 있다는 것을 알았어요. 그래서 속으로 다짐했어요. 출가하면 멋진 강원생활을 할 것이고, 반드시 강사 스님이 돼서 어렵고 힘들게 공부하는 스님들을 가르치겠다고 말이에요."

　　친구들과 장래희망을 얘기할 때도 스님은 서슴지 않고 "출가의 길을 가겠다."고 말하곤 했다. 일찌감치 출가에 대해 진지하게 고민한 데는 어머니에 대한 그리움도 작용했지만, 아버지의 죽음도 큰 영향을 끼쳤다.

구르는 낙엽만 봐도 웃음이 쏟아진다는 사춘기 시절 탁연 스님의 의식을 짓눌렀던 것은 죽음이었다. "남편이 일찍 죽으면 그 황망한 마음을 어떻게 할 것인가?"라는 질문을 친구들에게 곧잘 던지곤 했다. 그때마다 친구들은 엉뚱하다며 핀잔했다.

죽음에 대한 공포가 엄습할 때마다 스님은 더욱더 출가의 길을 동경하게 되었다. "출가해서 마음공부를 하면 죽음의 공포로부터 해방될 수 있다."는 말을 스님들로부터 자주 들었기 때문이다. 자신에게 묻고 답하기를 거듭하며 스님은 마음속으로 단단히 출가의 꿈을 키워갔다. 고등학교 3학년 1학기가 시작되자 결단을 내리고 비진학반에 들어갔다. 물론 식구들에게는 그 사실을 말하지 않았다.

탁연 스님은 겨울방학을 하면 바로 출가할 작정이었다. 따라서 굳이 학교 공부를 할 필요가 없다고 생각했다. 승려생활에 아무런 도움이 안 될 것 같은 영어책은 일찌감치 덮어버렸다. 대신 불교 경전 읽기에 유용한 한문 공부에 전념했다. 그러던 중 뜻하지 않은 사건이 발생했다.

1968년 가을 소풍날, 담임선생이 예비고사 제도가 도입된다는 소식을 전했다. 그게 사실이라면 졸업 전에 시험을 쳐야 했고, 예비고사에 합격해야만 대학 진학이 가능한 것이었다. 눈앞이 캄캄했다. 담임선생은 "3학년 360여 명 가운데 50여 명만 합격할 것"이라고 으름장을 놓았다.

스님에게 예비고사는 마른하늘에 날벼락 같은 소식이었다. 가족을 속인 과보인 만큼 그 책임도 스스로 져야 했다. 스님은 출가를 미루기로 결심했다. 다시 정신을 가다듬고 열심히 공부해서 대학에 합격하는 길 외에는 다른 방도가 없었다. 대입시험에 합격하지도 못하고 출가할 수는 없었다. 무엇보다도 어머니의 얼굴에 먹칠을 해서는 안 된다고 생각했다.

예비고사까지는 채 두 달도 남지 않은 상황이었다. 그때부터 새벽에 나가서 밤중에 들어오며 이를 악물고 공부했다. 대입시험 낙방이라는 낙인이 찍힌 채 다시 1년을 허비할 수는 없었다. 불안하고 초조한 손녀의 모습이 딱했던지 할머니는 날마다 정성으로 기도를 올렸다. 덕분에 스님은 바라던 대로 합격통지서를 받아들 수 있었다.

당시 진주교육대학은 우수 재원들이 모이는 대학으로 입학문이 좁았다. 그런데 예비고사 덕택에 고심하지 않고 쉽게 합격할 수 있었다. 어릴 때부터 탁연 스님이 교사를 꿈꿨던 것을 알았던 터라 교육대학 합격통지서가 날아오자 식구들이 모두 기뻐했다. 큰아버지는 "이제 내 딸이 정말 선생님이 되겠구나."라며 연신 웃음을 터뜨렸다. 스님도 잠시나마 '출가를 조금 미루고 선생이 될까' 하는 생각을 했다. 하지만 출가의 꿈을 접을 수도, 미룰 수도 없었다.

# 어머니가 앞서가신
# 길을 따라 동화사로

탁연 스님이 출가한 날은 음력으로 1969년 1월 8일이다. 집안 형편이 그다지 좋지 않아 등록금을 내기 전에 출가를 결행했다.

"식구들에게 출가의 뜻을 에둘러 밝혔어요. 종갓집이어서 정월이면 손님들의 발길이 끊이지 않았거든요. 그런 사정을 고려해 손님 맞이는 마치고 나갈 계획이었죠. 정월 초하루부터 초이레까지 손님들을 맞이하고, 초여드렛날에 친구들과 약속이 있어서 나가겠습니다, 라고 식구들에게 말했어요. '집을'이라는 목적어를 생략한 채 미리 허락을 받았던 것입니다. 그래서 출가하던 날 새벽에 집을 나서며 '갑니다'라고 큰 소리로 인사를 드렸는데도 식구들이 그 말뜻을 이해하지 못했어요."

박명의 길을 걸으면서 스님은 자신이 살아온 길이 사위의 어둠처럼 무명에 둘러싸였다고 생각했다. 출가를 하겠다고 당당하게 말하지 못하고 슬그머니 나온 것이 마음에 걸렸다. 여행가방을 들고 나올 수가 없었기 때문에 속옷을 두 벌씩 껴입고 겉옷도 이중 삼중으로 두툼하게 입었다. 필수품도 주머니마다 가득 챙겼다. 그 위에 두툼한 코트를 걸쳐서 아무도 그 모습을 수상하게 여기지 않았다. 고심 끝에 스님은 어머니가 있는 동화사로 향했다.

동화사에 당도했을 무렵 정월의 짧은 해가 서편 하늘에 걸려 있었다. 절에 일찍 들어가면 집으로 돌려보낼 수도 있다는 생각이 들었다. 내원암과 양진암의 갈림길에서 들고 간 《천수경》을 외우며 해가 지기만을 기다렸다. 그리고 사위가 어두컴컴해진 뒤에야 동화사로 들어갔다.

컴컴한 시각 느닷없는 처녀의 출현에 대중 스님들이 의아해했다. 출가의 의지를 밝히자 일부 스님들이 대학을 마치고 출가해도 되지 않겠느냐고 만류했다. 하지만 스님의 어머니는 단호했다. 인연을 따라야 한다는 게 어머니의 생각이었다.

"대학을 졸업하고 선생이 되면 그곳에서 맺어지는 인연들로 인해 출가의 뜻을 굽힐 수 있습니다. 작심하고 들어왔을 때 출가를 시켜야 합니다."

정월 보름날 동안거 해제를 한 뒤 탁연 스님은 어머니를 따라서 해인사로 향했다. 어머니가 해인사로 데려간 까닭은 가사불사에 동참하기 위해서였다. 그때 탁연 스님은 16년 만에 성철 스님을 다시 뵐 수 있었다.

"성철 스님은 우리 스님을 만날 때마다 제 소식을 물었답니다. 성철 스님의 물음에 답한 대로 저는 '어미 소를 따라온 송아지처럼' 출가했습니다. 여섯 살 때 발원했던 그대로 비구니가 되었고, 또 강원에서 강사가 되어 학인 스님들을 가르쳤습니다. 출가자의 길을 걷는 데 도움을 준 모든 인연에 감사드립니다. 앞으로 출가자 본연의 자세

로 '소도 잊고 나도 잊는 일'에 매진하여 생사의 두려움으로부터 영
원히 해탈할 수 있도록 열심히 정진하리라 마음을 다시 가다듬어봅
니다."

# 삶이 무상함을 알았으니 이제 해탈을 구하리라

◇ 현해 스님

스님은 만화 스님을 은사로 사미계를 수지한 뒤 종비 1기생으로 동국대 불교학과를 졸업하셨다. 이후 와세다대 대학원에서 동양철학을, 다이쇼대 대학원에서 천태학을 연구하셨다. 중앙종회의원, 원로회의 의원 등을 역임하신 후 현재 월정사 회주로 계신다.

❯ 스님의 어머니는 스님을 낳기 전에 기이한 꿈을 꾸었다. 고향 포구에 목선이 들어오더니 곧이어 배에서 푸른 옷을 입은 동자가 내렸다.

"어머니께서 이런 태몽을 꾸신 것을 보면, 내가 전생에 남방의 수행승이 아니었나 싶습니다."

어릴 적 스님은 몸이 약했다. 9남매 중 여덟째였는데 사시사철 감기를 앓았다. 몸이 건강하지 못하다 보니 성격도 까칠했다. 아버지가 국민학교 3학년 때 돌아가신 것도 성격에 큰 영향을 미쳤다. 남편을 잃은 어머니는 열성적으로 교회에 다녔다. 어머니의 영향으로 형제들도 일찌감치 기독교 문화에 젖어들었다. 스님의 조카 중 4명이 훗날 목사가 되었다.

국민학교를 졸업하고 나서 스님은 경주공업중학교에 입학했다(이 학교의 교감이 바로 범어사의 능가 스님이다. 현해 스님은 출가한 뒤 개운사에서 능가 스님을 만났다). 스님은 영어 교육에 도움이 된다는 이유로 《성경》을 읽기 시작했다. 그런데 고등학교에 진학한 뒤 사회적 부조리에 눈뜨게 되었다. 도스토예프스키의 《죄와 벌》을 탐독하고 선악에 대해 회의를 가졌기 때문인지도 모른다. 전당포 노파를 살해한 주인공 라스콜리니코프와 이웃들의 피를 빨아먹으며 기생하는 노파 중 누가 더 악한가 하는 의문에 스님은 선뜻 답을 할 수 없었다. 스스로 재판관이 돼서 제도적 범주의 죄와 윤리적 범주의 죄를 놓고 저울질했지만 날마다 판결을 유보할 수밖에 없었다.

기독교적 세계관에 환멸을 느낄 무렵, 한 사내가 월정사에 가보라고 권했다. 무슨 걱정이든 단번에 해결해줄 도인이 월정사에 있다고 했다. 그 도인이 대학생 30여 명을 모아서 가르치고 있다는 말도 덧붙였다. 사내가 말한 도인은 다름 아닌 대강백인 탄허 스님이었다.


## 마음의 문을 열어젖힌
## 경구 한 구절


이런 사실도 모른 채 현해 스님은 월정사를 찾아갔다. 1958년 10월 28일, 낙엽 깔린 산길을 한참 올라 월정사 경내에 들어섰다. 당시 월정사는 비구와 대처승 간의 분규가 한창이어서 경내가 어수선했다. 만화 스님 대신 대처승인 고경덕 스님이 주지 소임을 맡고 있을 때였다. 이런 내막을 전혀 몰랐던 스님은 가장 먼저 보이는 양철지붕의 종무소로 갔다. 당시 종무소는 대처승들의 집결지였다. 찾아온 경위를 말하자 대처승들이 쑥덕거리다가 옆에 있는 기와지붕 전각으로 가보라고 했다.

전각의 문을 열고 들어서자 해진 스님이 위아래로 훑어보았다. 스님은 다시 절에 온 이유를 설명했다. 그러자 해진 스님이 물었다.

"절에 있고 싶으냐?"

"예."

"내일부터 땔감 일곱 지게를 질 수 있겠어?"

"예."

"매일같이 저녁이면 각 방에 군불을 때겠어?"

"예."

"매일같이 물을 길어오겠어?"

"예."

그렇게 시작된 사찰의 일과는 몸이 약했던 스님에게는 너무나 고된 일이었다. 넘어지고 다치기를 거듭한 끝에 제대로 지게를 질 수 있었다. 도인을 만나면 영혼의 갈증이 해소되리라는 생각에 힘든 노역을 견뎠다. 하지만 무슨 영문인지 도인은 오지 않았다. 그렇게 넉 달이 지난 후 고경덕 스님이 주지에서 물러났다.

어느 날이었다. 신임 주지가 왔다고 해서 나가 보니 맑고 깨끗한 인상을 지닌 스님이 서 있었다. 그것이 은사와의 첫 만남이었다. 희찬 스님은 공양주 소임을 맡겼다. 공양주 소임은 생각보다 만만치 않았다. 며칠 뒤 경내가 소란했다. 조실 스님이 온다는 소식 때문이었다. 월정사에 온 지 여섯 달이 지나서야 그토록 찾았던 도인인 탄허 스님을 뵐 수 있었다.

하지만 이미 오대산수도원이 폐쇄된 상황이라 먼발치에서 탄허 스님을 보는 것 말고는 할 수 있는 일이 아무것도 없었다. 도인을 만나 어떻게 살아야 하는가에 대한 답을 듣고 싶었지만 그 계획이 수포로 돌아가자 마음이 갈피를 잡지 못했다. 이제 그만 절을 내려가야 하나, 자문을 던질 때였다. 희찬 스님이 불러서 찾아가 보니 계를 받으라고 했다.

"계는 왜 받아야 합니까? 저는 그 이유를 스스로 찾을 때까지 계를 받지 않을 것입니다."

그 일이 있고 며칠 뒤, 일을 마치고 돌아와서 방에 누워 있었다. 같은 방을 쓰는 행자가 경전을 펼쳐놓고 나지막이 한 구절을 읊조렸다.

"삼일수심천재보三日修心千載寶 백년탐물일조진百年貪物一朝塵."

북한 인민군에게 가족이 몰살당하는 참변을 겪고 출가했다는 그 행자는 간절한 음성으로 경전을 외웠다. 행자의 음성이 귓가에 파고들었다. 3일 동안 닦은 마음은 천년의 보배요, 100년 동안 탐착한 재물은 하루아침의 티끌과 같다는 뜻이었다. 그 경구를 듣는 순간 마음의 문이 활짝 열리는 느낌이었다. 그토록 찾아 헤매던 진리가 그 글귀에 다 들어 있는 것 같았다.

스님은 보배보다 값진 그 마음을 알고 싶었다. 만약 그 구절이 담긴 《초발심자경문》을 접하지 않았다면 계속 불목하니처럼 일만 하다가 지쳐서 그만 절을 내려왔을지도 모를 일이다.

이튿날 희찬 스님을 찾아가 절을 올린 뒤 청했다.

"《초발심자경문》을 배우고 싶습니다. 경전을 구해주시면 열심히 공부하겠습니다."

희찬 스님은 곧바로 《초발심자경문》을 구해주었다. 나중에 알고 보니 《초발심자경문》은 강원의 사미과에서 처음 배우는 교재였다. 이 책은 원효 스님의 《발심수행장發心修行章》, 보조국사 지눌 스님의 《계초심학인문誡初心學人文》, 야운 스님의 《자경문自警文》을 합본한 것이다. 그 차례가 초심문, 발심장, 자경문 순으로 구성돼 《초발심자경문》이라고 불려왔다. 세 사람의 저술이 언제부터 한 권으로 묶였는지 알 수 없으나, 그 내용은 보배처럼 귀한 구절로 채워졌다.


꿈속에서 만난
관세음보살


절대자의 섭리를 강조하는 기독교의 가르침에 익숙했던 스님에게 스스로 부처가 될 수 있다는 불교의 가르침은 충격 그 자체였다. 그렇게 경전을 탐독하는 동안 세월이 갔다. 겨울이 가고 봄이 왔으나 스님은 병석에 누워 있어야 했다. 언제부터인지 배가 콕콕 쑤시듯 아팠다. 다리를 오므리면 통증이 조금은 덜했다. 하지만 어디에도 하소연할 데가 없었다. 아파서 운신을 제대로 못 하니 희찬 스님이 찾아와 1,000원을 건넸다.

"강릉도립병원에 가서 치료를 받고 오너라. 강릉에 가면 우리 신도에게 연락해라. 그러면 안내를 해줄 거다."

희찬 스님이 시킨 대로 강릉으로 가서 신도의 연락처로 전화를 걸었다. 그 신도를 만나자마자 차비를 제하고 남은 800원을 건넸다.

"스님, 이 돈으로는 치료는커녕 진찰도 못 받습니다. 제가 아는 한의원이 있으니 그리로 가보십시다."

신도의 말을 따를 수밖에 없었다. 한의사는 맥을 짚어보더니 맹장염이라고 진단했다. 약을 3첩만 달여 마시면 고칠 수 있다는 말도 덧붙였다. 약값이 900원이었다. 돌아가는 차비는 신도가 챙겨줬다.

월정사로 돌아와 한의사가 지어준 약을 꾸준히 복용했음에도 차도가 없었다. 신도에게 전화해서 사정을 설명했더니 다시 약을 3첩 지어서 보내왔다. 그 약까지 정성껏 달여 먹었으나 병은 낫지 않았다. 사찰의 빈한한 재정을 모르는 바 아니었기에 주지 스님에게 병원비를 달라는 말이 떨어지지 않았다. 하는 수 없이 속가의 어머니를 찾아갔다.

피골이 상접한 몰골로 나타난 아들을 보자 어머니는 깜짝 놀랐다. 어머니는 병원비를 대준 것은 물론이고 병 수발도 마다하지 않았다. 아침저녁으로 참깨를 절구에 빻아서 정성스레 죽도 쒀줬다. 병원에서 준 약에다 몸에 좋다는 음식을 먹으니 한 달 후에는 건강을 되찾게 되었다.

스님은 다시 월정사로 가려고 행장을 꾸렸다. 경전을 읽으면서 중물이 들었던 터라 세간의 길과 출세간의 길이 다르다는 것을 알고 있었다. 세간은 욕망의 법칙에 따라 굴러가지만, 출세간은 욕망을 초월하는 부처님의 가르침에 의거해 굴러간다는 것을.

극구 사양해도 어머니는 경주역까지 나와서 아들을 배웅했다. 개찰구를 빠져나오면서 뒤를 돌아보니 어머니가 눈물을 흘리고 있었다. 고개를 파묻은 채 섧게 우는 어머니의 모습을 보고 있으려니 가슴이 뜨거워졌다. 스님은 눈물을 삼키며 천근만근처럼 느껴지는 발을 떼었다. 그리고 속으로 되뇌었다.

'같이 사랑하며 오래 산다 하여도 때가 되면 반드시 헤어지나니. 이렇게 삶이 무상하며 잠깐임을 알았으니 저는 이제 해탈을 구하나이다.'

어머니를 눈물 흘리게 하고 출가한 만큼 남들보다 중노릇을 더 잘해야겠다고 다짐했다.

월정사로 돌아와 다시 고된 일상이 반복되자 한 달도 안 돼 맹장염이 재발했다. 이제는 어머니에게 갈 수도 없는 노릇이었다. 인내심의 한계를 넘어서는 통증은 멈출 줄 몰랐다. 스님은 아무도 없는 곳에 가서 염불을 하다가 죽어야겠다고 생각했다. 그러던 중 산 위에 빈 토굴이 있다는 이야기를 듣게 되었다. 어느 날 작정하고 토굴에 갔더니 거기에 한 처사가 살고 있었다. 늙은 처사가 스님을 보고서 말했다.

"젊은 사람이 왜 그런 모진 생각을 해요? 얼굴을 보니 나이가 들면 대덕 스님이 돼서 사람들에게 존경을 받겠는데. 지금 당장 어렵다고 그런 모진 생각을 하면 되겠어요? 보아하니 몸도 성치 않은데 여기까지 올라오느라 고생했겠어요. 내가 밥상을 차려올 테니 밥을 먹고 기운 내서 더 정진해요."

처사가 차려준 밥상을 비운 뒤 스님은 산으로 올라갔다. 오르는 내내 관세음보살을 부르고 또 불렀다. 산 정상에 서서 바람에 나부끼는 나뭇잎들을 바라보았다. 자신도 모르게 눈물이 났다. 한바탕 눈물을 쏟고 나니 회오리바람이 몰아치는 것 같았던 마음이 조금은 누그러졌다.

스님은 아름드리 소나무 아래 가부좌를 틀고 명상에 잠겼다. 가만히 들숨과 날숨을 관찰했다. 숨 한 번에 생사가 오고 간다는 것을 실감할 수 있었다. 그러자 생에 대한 욕구가 샘솟았다. 그것은 단순히 살고자 하는 욕망이 아니었다. 정진하고자 하는 욕망, 정진해서 깨달음을 얻고자 하는 욕망, 나아가서는 그 깨달음을 세상에 나가서 회향하고자 하는 욕망이었다.

스님은 해가 산 너머 지는 것을 바라보고서야 월정사로 내려갔다. 방에 들어가자마자 또다시 가부좌를 틀고 관세음보살을 염호했다. 그러다가 잠이 들었는데 기이한 꿈을 꾸었다.

공양간 뒤 장독대에 한 여인이 아이를 업고 서 있었다. 여인은 흰 저고리에 까만 치마 차림이었다. 스님이 다가가자 여인이 속삭이듯이 말했다.

"그렇게 아파하지 말고 참대나무 이파리 5개를 따서 삶아 먹어보세요."

"이 강원도 산골에 참대가 어디 있답니까?"

"저기로 올라가면 산죽이 있어요."

여인이 수곽水廓의 수원지를 가리키면서 말했다.

여인의 말대로 산죽을 따러 가야겠다고 생각하는데 새벽을 깨우는 도량석 소리가 들렸다. 그렇게 잠에서 깨어났다.

스님은 꿈속의 여인이 알려준 그곳으로 갔다. 그리고 산죽 이파리 5개를 따서 그걸 달인 물을 먹고 나니 희한하게도 시장기가 밀려왔다. 공양주가 끓여준 누룽지 한 그릇을 다 비우고 나자 더는 배가 아프지 않았다. 복통이 말끔히 사라진 것이었다. 스님은 꿈속에 나타난 여인이 관세음보살이나 약사여래불의 현현이 아닐까 생각하게 되었다.


# 번뇌의 때를 벗고,
# 지혜의 촛불을 잡고


현해 스님은 출가하겠다고 찾아오는 이가 있으면 무턱대고 반기지 않는다. 수행자의 길이 멀고도 험하다는 것을 누구보다 잘 알기 때문이다. 잘만 하면 한없이 좋은 길이지만 잘못하면 이중의 죄를 짓게 되는 것이 중노릇이라 생각한다. 첫째, 부모와의 인연을 끊고 떠나니 자식 도리를 하지 못하고, 둘째, 신도들이 지극정성으로 바친 삼보정재를 함부로 탕진하게 되니 이중의 죄다. 출가자들은 계를 받기에 앞서 그동안 법기法器로 길러준 은혜에 보답하고자 마지막으로 부모님에게 세 번 절을 올린다. 그리고 세속의 명리에 이끌리지 않겠다는 호심출가好心出家의 의미로 머리를 깎는다.

출가 원력을 세우는 것보다 더 중요한 것은 살아가면서 그 초발심을 잃지 않는 것이다. 그래서 《수행본기경修行本起經》에선 이렇게 말한다.

우리의 목숨은 짧고 짧다. 그러므로 부지런히 힘써라. 이 세상은 실로 덧없는 것. 미혹하여 어두운 곳에 떨어지지 말라. 마땅히 배워서 마음을 지키고 스스로 닦아 지혜를 구하라. 번뇌의 때를 벗고 지혜의 촛불을 잡고 길을 가라.

# 남 위해 살면 보살, 자신 위해 살면 중생

◇ 혜자 스님

스님은 청담 스님을 은사로 모시고 출가하셨다. 도선사 주지, 조계종 중앙종회 의원, 인드라망생명공동체 공동대표, 불교환경연대회의 공동대표 등을 역임하셨다. 108산사순례기도회 회주로서 신행문화를 선도하셨으며, 현재 조계종 군 종교구장이시다.

❯ 가난한 농가에서 태어난 소년은 중학교에 진학할 수 없었다. 부잣집 친구들이 교복을 입고 학교에 갈 때 소년은 밭을 갈아야 했다. 이글거리는 땡볕 아래서 쟁기질을 하고 있을 때, 멀리 파르라니 머리를 깎은 젊은 비구 스님이 장삼 자락을 휘날리며 걸어왔다. 성큼성큼 내딛는 걸음걸이가 대장부처럼 박력이 있었다. 생면부지의 그 스님은 골목길을 지나쳐 소년의 집으로 들어갔다. 소년은 그 모습을 보고서 냉큼 집으로 달려갔다.

집에 들어가 보니 스님과 부모님이 마루에 앉아 두런두런 얘기를 나누고 있었다. 아버지가 스님에게 인사를 드리라고 했다. 집에 온 스님이 소년의 고종사촌이라고 했다. 스님은 소년을 유심히 살펴보았다. 소년을 바라보는 스님의 두 눈이 크고 맑았다. 스님이 소년의 머리를 쓰다듬으며 물었다.

"몇 살이나 됐냐?"

"열네 살 됐는디유."

알겠다는 듯 스님이 머리를 끄덕였다.

그날 밤 스님은 소년의 집에서 하룻밤을 묵었다. 스님은 늦은 밤까지 어른들을 앉혀놓고 얘기를 이어갔다. 소년은 잠이 든 척 누워서 귀를 쫑긋 세우고 스님의 말을 엿들었다.

"이 녀석을 절에 데리고 가서 한문 공부도 시키고 불경도 읽히면 좋을 것 같은데 어떻습니까? 아무래도 이 녀석은 불제자가 돼야 할 것 같은데……"

아버지는 헛기침만 내뱉을 뿐 가타부타 말이 없었고, 어머니는 조용히 자리를 지켰다. 형편 때문에 아들을 중학교에 보내지 못하는 게 못내 마음에 걸리는 모양이었다.

소년은 '절'이라는 단어를 곱씹으며 그곳이 어떤 곳일까 상상했다. 선뜻 머릿속에 그려지지 않았다. 그곳엘 간다면? 소년은 두렵기도 하고 설레기도 했다. 부모님 곁을 떠난다는 게 두려움의 실체라면, 스님처럼 될 수 있다는 게 동경의 실체였다. 공부를 시켜준다는 스님의 말이 자꾸만 귓바퀴에 맴돌았다. 소년은 이런저런 생각을 하다가 잠이 들었다.

다음 날 아침 일어나 보니 스님은 가고 없었다.


형수의 손에 이끌려
도선사로 가다


충북 충주에 위치한 소년의 고향 마을은 첩첩산중 오지여서 어른이고 아이고 부지런하지 않고서는 밥 먹기조차 어려운 곳이었다. 소년은 밭을 갈면서 스님의 모습을 떠올렸다. 한 번밖에 본 적이 없는 사람인데 왜 그렇게 그리운지 알 수 없는 노릇이었다. 물감이 번진 것처럼 개나리와 진달래가 핀 산야를 보면서 소년은 스님이 걸어갔을 길을 생각했다.

머지않아 부모님이 소년을 불렀다. 큰형수를 따라 서울로 가라는 게 아버지의 당부였다. 흠모의 대상이었던 스님을 찾아간다는 게 여간 기쁘지 않으면서도 마음 한편에서 설움이 북받쳐 올라왔다. 떠나면 다시는 부모님을 못 볼 것 같아서였다.

형수의 손에 이끌려 버스를 타고 기차를 타고 다시 버스로 갈아타기를 여러 번 반복한 끝에 서울 답십리에 도착했다. 생모를 만나기 위해서였다. 생모는 6·25전쟁 때 내려온 함경도 출신의 실향민이었다. 생모는 피란길에 아버지를 만나 혜자 스님을 낳았다. 아들을 출산한 생모는 바로 서울로 올라갔다. 때문에 소년에게는 생모에 대한 정이랄 게 없었다.

생모는 눈가에 떨어지는 눈물을 연신 훔쳤다. 소년은 입을 꾹 다물고 아무 말도 할 수가 없었다. 내심 생모가 미웠다. 생모의 집에서 하룻밤을 묵고 다시 형수의 손에 이끌려 발길을 옮겨야 했다. 어색하기만 했던 만남인데도 피붙이여서 그랬는지 헤어지려고 하니 가슴이 묵직했다.

가파른 산길을 걷고 또 걸어서 닿은 곳이 삼각산 도선사였다. 형수는 법천 스님에게 시동생의 손목을 내주고 산을 내려갔다. 걱정이 됐던지 형수는 걷다가 멈춰 서서 자꾸 뒤를 돌아보았다.

　도선사는 여름에도 새벽이면 등골이 오싹할 정도로 추워서 행자들이 고생을 많이 했다. 나이는 어렸지만 쌀 한 가마니는 너끈히 짊어지는 일꾼이었던 혜자 스님도 고된 행자생활에 수시로 코피를 쏟았다. 밥 짓고, 밭을 매고, 나무를 하다 보면 어느새 하루해가 저물었다. 녹초가 되어 새우잠을 자고 나면 다시 산사의 일상이 시작되었다. 일이 얼마나 고됐던지 집으로 도망치고 싶은 생각이 간절했다. 하지만 산중에서 고향까지 내려갈 길이 묘연하니 감히 엄두를 낼 수 없었다.

　당시 스님을 가장 괴롭힌 것은 잠이었다. 잠 많은 스님에게는 새벽 3시에 일어나는 것 자체가 무리였다. 부처님오신날 준비로 경내가 분주했던 어느 날이었다. 행자들은 새벽예불을 마치고 나면 아침 공양을 준비하기 전까지 30분가량 쪽잠을 자곤 했다. 그날도 행자들과 함께 잠깐 눈을 붙였는데 불을 때러 갈 시간이 됐는데도 일어나지 않고 내처 잠을 잤다. 다른 행자들이 몸을 흔들어 깨웠지만 스님은 그대로 누워 있었다.

　아무리 깨워도 일어나지 않자 행자들이 총무 스님에게 달려가 자초지종을 고했다. 당장 총무 스님이 달려와 누워 있는 행자의 몸을 몇 차례 흔들었다. 여전히 대답이 없자 총무 스님은 원주실 뒷방에 데려다 눕히라고 지시했다.

원주실 뒷방은 어두컴컴했다. 쥐들이 떼로 모여서 천장을 뛰어다 녔다. 나중에는 쥐가 손가락을 물기까지 했다. 빛도 들지 않는 방에 서 그 음산한 소리를 듣고 있으려니 마치 관짝에 누워 있는 것 같은 착각이 들었다. 두려움이 엄습해왔다. 얼른 몸을 일으켜 바깥으로 나가고 싶었지만 그럴 수 없었다. 그랬다가는 꾀병을 부린 것이 들통 날 게 뻔했기 때문이다. 때마침 큰방에서 스님들이 주고받는 말소리 가 들렸다.

"저러다 죽으려나 봐."

"죽으면 뒷산에 묻어줘야지."

자신이 진짜 죽은 줄 알고 매장을 할까 봐 혜자 스님은 겁이 덜컥 났다. 다시금 쥐들이 귀를 물어뜯었다. 얼른 일어나라고 채근하는 것 같았다. 스님은 몸을 일으켜 어둠을 헤치고 큰방으로 갔다. 사람들 의 이목이 일순간 스님에게로 향했다.

"안 죽고 살았네."

스님들이 깔깔거리며 농을 걸어왔다. 얼굴이 달아올랐다. 스님은 개울가로 향했다. 집이 그리울 때마다 찾아가 맘껏 울던 개울가였다. 얼굴을 씻고 나니 개울물에 자신의 말간 얼굴이 비쳤다. 여느 때와 는 사뭇 다른 모습이었다. 조금 어른이 된 것 같은 기분이 들었다.

귀동냥 눈동냥, 마음으로 새긴
청담 스님의 법문

혜자 스님은 행자 시절 내내 어리다는 이유로 심부름을 많이 했지만 그만큼 귀여움도 받았다. 일을 가장 많이 시킨 사람도, 가장 귀여워해준 사람도 은사인 청담 스님이었다.

청담 스님의 시봉 소임을 맡은 후부터 몸이 몇 배는 바빠졌다. 조금이라도 늦잠을 자면, "부처님 제자가 되려면 우선 몸이 부지런해야 한다."며 호통이 떨어졌다. 새벽예불을 마치고 나면 먼저 청담 스님의 상을 차려야 했다. 당시 청담 스님은 생식을 했다. 쌀을 갈고 야채를 씻는 게 온전히 혜자 스님의 몫이었다.

가장 가까이에서 모시며 지켜본 청담 스님의 모습은 말 그대로 '인욕보살'이었다. 어떤 괴로움이나 핍박도 달갑게 여겨온 수행자답게 제자들을 엄하게 가르쳤다. 아침밥이 질면 "시주 물을 아껴라"는 호통이 떨어졌다. 어느 곳에서나 어느 때나 흐트러짐 없이 육환장을 들고 서 있는 은사 스님의 모습은 위엄 그 자체였다. 그렇다고 해서 늘 엄하기만 한 분은 아니었다. 자애로울 때는 관세음보살의 현현이었다.

청담 스님은 누구를 만나든 빈부귀천에 차별을 두지 않고 대했다. 또 어떠한 경우에도 신도들에게 화를 내는 일이 없었다. 그만큼 자비심 많은 은사였다. 어린 나이에 집을 떠나온 상좌가 안쓰러웠던 청담 스님은 곧잘 법문을 들려줬다. 청담 스님의 법문은 무상한 세상의 진리를 두루 관통하고 있었다. 법문 중 가장 인상적이었던 것은 《부모은중경》의 내용이었다. 청담 스님은 어린 상좌가 생모에 대한 애증을 갖고 있다는 것을 알고 있었다.

귀동냥으로 염불을, 눈동냥으로 경전을, 그리고 마음으로 청담 스님의 법문을 새기면서 혜자 스님은 중물이 들었다. 계를 받던 날, 처음 도선사 일주문에 들어서던 때가 생각났다. 부리부리한 사천왕상의 눈이 얼마나 무서웠던가. 《무소유》의 저자 법정 스님으로부터 놀림을 받았던 일도 기억이 났다.

하루는 삭발을 하던 어떤 스님이 장난기가 발동해 혜자 스님의 눈썹을 삭도로 밀었다. 때마침 도선사에서 기도 중이던 법정 스님이 눈썹이 없는 혜자 스님을 보고 껄껄 웃으며 말했다.

"동자승은 문둥병에 걸렸으니 소록도로 가야겠습니다."

그 말을 듣고 혜자 스님은 자신이 실제로 무슨 병에 걸린 것은 아닌가 걱정을 했다.

계를 받들어 지키겠느냐는 은사 스님의 물음에 혜자 스님은 그러겠다고 자신 있게 대답했다. 어느새 철없는 어린애에서 어엿한 수행자로 거듭나 있었던 것이다.

계를 받고 몇 달 후 아버지가 혜자 스님을 만나러 도선사로 찾아왔다. 조락한 산야의 풍경 때문이었을까. 예전에는 크게만 느껴졌던 아버지의 어깨가 왜소해 보였다. 아버지는 명색이 충주 인근의 씨름

판에서 호령하던 역사力士였다.

청담 스님과 차담을 나눈 아버지는 홀연히 왔던 길을 거슬러 내려갔다. 가을바람에 빈 가지가 쓸리면서 쓸쓸한 울음소리를 냈다. 일주문까지 아버지를 배웅하면서 스님의 시선은 자꾸 아버지의 왜소한 어깨를 향했다.


## 스스로 복 짓는
## 삶을 살고 있는가

그렇게 아버지를 보내고 나서 스님은 눈물을 흘리지 않았다. 삶의 무상함과 인연의 소중함을 일깨워주는 청담 스님의 설법이 새삼 가슴을 파고들었다. 눈을 감으면 생모의 얼굴이 스쳐갔다. 뱃속에서 키운 아이와의 인연을 억지로 끊을 수밖에 없었던 어머니의 심정은 오죽했을까? 눈시울을 붉히던 어머니에게 따스한 손길 한 번 건네지 못한 게 죄송스러웠다. 인간사 온갖 인연 중 모자간의 인연보다 큰 게 있을까?

생각이 거기까지 미치자 태반을 깔고 앉은 갓난아이의 모습이 오롯하게 보였다. 태반은 연화좌대 같았고, 갓난아이는 룸비니 동산의 천진불 같았다. 청담 스님의 《부모은중경》 설법을 곱씹어 생각했다. 그러자 가슴 밑바닥에 앙금처럼 남아 있던 어머니에 대한 애증이 점차 사라져 가는 것을 느낄 수 있었다. 햇볕에 처마 끝 고드름이 녹아 없어지듯 업장이 사라지는 순간이었다.

스님은 개울가로 갔다. 떨어진 단풍잎들을 데리고 개울물이 아래로 흘렀다. 개울물은 무엇인가를 일깨워주고 있었다. 수행자라면 마땅히 하심을 해야 한다고. 그리하여 시름하는 중생 곁으로 흘러가 그들의 메마른 영혼을 적셔야 한다고 말하는 듯했다.

손바닥으로 물을 떠서 얼굴을 씻었다. 개울물에 얼굴이 비쳤다. 파르라니 무명초를 깎은 자신의 모습이 문득 낯설게 여겨졌다. 그 모습은 어느 부분 그토록 흠모했던, 그래서 자신을 산문으로 인도했던 법천 스님을 닮아 있었다. 다시 보니 조석으로 함께 기도를 올리는 사형들의 모습이었고, 합장으로 인사하는 수많은 운수납자들의 모습이었다.

스님은 지금도 가끔 물에 비친 자신의 모습을 유심히 살펴본다. 수행자의 길을 똑바로 걷고 있는지 반추해보기 위해서다. 그럴 때마다 눈앞에 은사인 청담 스님의 환영이 스쳐간다. 개울에서 비누칠이라도 할라치면 "흐르는 물도 아껴 써야 한다."고 호통치던 청담 스님에 대한 기억이 새록새록 돋는다.

청담 스님은 고 육영수 여사에게 '대덕화'라는 법명을 내리면서 "남을 위해 살면 보살이요, 자기를 위해 살면 중생"이라고 자비 실천을 당부했다. 어느 제자에게는 다 떨어진 장삼을 한 벌 내주면서 "네가 스스로 복을 지어서 새 옷을 입도록 해라"고 말하기도 했다.

청담 스님의 가르침을 마음 깊이 새기며 혜자 스님은 매일같이 스스로 묻는다.

'나는 남을 위해 살고 있는가?'

'나는 스스로 복을 짓고 사는가?'

삶이란 저 명멸하는

빛과 같지 아니한가

◇ 혜조 스님

---

스님은 공주사대 독어과를 졸업하고 발심출가하셨다. 시집《너를 위해 밝혀둔 작은 램프 하나》와《우리말 법화삼부경》등을 출간하셨고, 조계종 총무원 문화국장을 역임하셨다.

❯어릴 적 스님의 꿈은 얼른 어른이 되어 호떡 2개를 먹는 것이었다.

1963년생인 스님은 너 나 할 것 없이 점심에는 고구마나 감자로 주린 배를 속이던 시절에 유년기를 보냈다. 작은 가게를 운영했던 아버지는 점심때면 학교에서 돌아오는 작은오빠에게 20원을 주고 심부름을 시켰다. 이윽고 오빠가 시장에서 막 구워낸 호떡 4개를 품에 안고 돌아오면 아버지가 호떡을 분배했다. 아이들에게는 하나씩 나눠주고 어른인 아버지는 2개를 먹었다. 그래서 스님은 자기 몫의 호떡을 다 먹고 나면 으레 아버지가 두 번째 호떡을 먹는 모습을 군침 삼키며 올려다보곤 했다. 내심 한 조각이라도 떼주지 않을까 하는 기대를 끝내 저버리지 못하고.

호떡 2개를 먹을 날을 꿈꾸던 아이는 어느새 소녀가 되었다. 그런데 소녀가 되고부터는 정신적 허기를 느끼기 시작했다. 그 시절 영혼의 젖줄이 되어준 것은 책이었다. 책에 관심을 갖게 된 것은 국민학교 6학년 때 고전읽기모임에 들어가면서부터였다. 사람은 어디에서 와서 어디로 가는가, 우주의 끝은 어디인가……. 당시 스님이 품었던 화두는 이런 것들이었다. 《성경》은 그러한 형이상학적 물음에 답을 보여준 책이었다. 아이에서 소녀로 거듭나는 동안 스님은 《성경》을 손에서 놓지 않았다.

기독교에 회의를 갖게 된 것은 다른 철학 서적들을 읽으면서부터였다. 철학 서적을 읽다가 '에콜로지Ecology'에 눈뜨게 됐고, 그러자 《성경》이 지극히 인간 중심으로 쓰였다는 생각이 들었다. 특히 예수님이 제자들과 배고픔을 달래려 무화과나무 있는 곳으로 갔다가, 아직 열매가 맺지 않은 것을 보고 화가 나서 나무를 치자 그 나무가 말라 죽었다는 산상수훈의 일화는 인간 중심의 사고를 여실히 보여주는 예였다.


모든 중생의
참부모를 찾아서


《성경》의 가르침에 회의를 갖게 되면서부터 전적으로 신에게 의지해 구원을 얻으려는 기독교보다는 스스로 지혜를 증득해 부처가 되는 불교의 가르침이 훨씬 더 매혹적으로 느껴졌다. 하지만 '아마겟돈의 심판'과 '유황불의 지옥'에 대한 공포감으로 좀처럼 손에서 《성경》을 놓을 수가 없었다. 몇 달간 치열하게 고민한 끝에 스님은 자신을 시험대에 올리기로 결정했다.

어느 여름날의 조회시간이었다. 교장 선생님의 훈화도, 친구들의 재잘거림도 전혀 귀에 들어오지 않았다. 스님은 눈을 질끈 감고 마음속으로 크게 부르짖었다.

'하나님, 더 이상 《성경》을 보지 않겠습니다. 그러니 지금 당장 당신의 불의 칼로 저를 죽이세요!'

눈을 감고 5분이 넘도록 기다려도 아무런 변화가 없었다. 그때 스님은 마음속으로 '내 종교는 불교'라고 선언했다. 하지만 아쉽게도 일상에서 불교를 쉽게 접할 수가 없었다. 《성경》을 손에서 놓은 스님은 문학 서적으로 눈을 돌렸다. 당시 스님이 탐독했던 작가는 니체와 릴케 그리고 헤르만 헤세였다. 특히 디오니소스의 부활을 꿈꿨던 니체의 애인 루 살로메를 부러워하고 동경하기까지 했다. 가장 즐겨 읽었던 시집은 《김수영 전집》이었다. 자기반성을 통해 지성인의 허위의식을 고발하고 민주주의를 갈망했던 김수영의 문학이 스님에게 큰 영향을 끼쳤다.

공주사범대학에 입학한 후 불교를 공부하기 위해 대학생불교연합회에 가입했다. 부모님을 떠나 처음 자취방에서 맞이한 아침은 무척이나 낯설고 어색했다. 무엇보다도 아침마다 들리던 어머니의 독경소리와 어머니가 피워놓은 향냄새가 그리웠다. 하루는 눈을 뜨면서 자신에게 속삭였다.

"이제 스스로 밥을 해먹듯이 염불도 내가 직접 해야 되는 거야."

이튿날부터 당장 향 한 자루를 피워놓고 《천수경》과 《금강경》을 읽으며 기도하고 나서 등교했다. 아침마다 기도하는 습관이 대학 1학년 때부터 시작된 것이다. 그래서 지금도 기도를 않고 밥을 먹으면 흡사 세수를 안 한 것처럼 불편하다.

대학 4학년 2학기 때 스님은 집에서 공주까지 통학을 했다. 어느 날, 어머니가 두꺼운 책을 건네며 말했다.

"이 책을 읽을 사람은 우리 집안에서 너밖에 없을 것 같다."

어머니가 건넨 책은 백용성 스님이 한글로 옮긴 《화엄경》이었다. 상·하권 각각 1,000페이지 분량이나 되었다. 그날부터 스님은 날마다 잠들기 전에 촛불을 켜놓고 몇 페이지씩 읽어 나갔다. 그렇게 몇 달이 지난 어느 날 《화엄경》의 〈십회향품〉을 읽다가 가슴 밑바닥이 툭 빠지는 것 같은 경험을 했다. 모두 잠들어 사위가 고요한 가운데 홀로 촛불 아래 경전을 읽다가 불보살님들의 다함이 없는 자비심을 깨달았다.

스님은 조용히 마당에 나가 반짝거리는 별빛을 보았다. 처음으로 불보살님의 존재가 관념이나 추상이 아닌 현실로 느껴졌다. 그리고 불보살님이야말로 참다운 부모임을 실감했다. 처음으로 부모를 알아 본 '돌아온 탕자'처럼 어둠 속에서 흐느껴 울었다. 나중에 어머니가 경전을 읽고 무얼 느꼈느냐고 물었을 때 이렇게 대답했다.

"어머니, 아버지만 부모님인 줄 알았는데 불보살님들이야말로 제 진정한 부모님이시더군요. 먼 전생부터 모든 중생들의 참부모는 불보살님이란 걸 경전을 읽고 나서야 알았어요."

조금도 주저 없이 말하는 스님의 태도에 어머니는 당황한 기색을 감추지 못했다. 하지만 당시 출가를 작정한 것은 아니었다. 그저 자신이 '부처님의 자식〔佛子〕'임을 뼈저리게 깨달았을 뿐이다.


# 오늘도
# 나의 죄는 길다


졸업을 앞두고 스님은 거스를 수 없는 큰 물결 같은 인연을 만나게 되었다. 하루는 어머니가 낙상 사고를 당한 뒤 일어나지 못했다. 병원에 가려고 택시를 잡았는데 어머니는 어찌된 영문인지 한사코 승차하지 않으려고 했다. 답답한 마음에 이유를 물으니 "모레 백일기도를 가기로 스님과 약속을 했기 때문"이라고 대답했다. 궁리 끝에 스님은 자신이 대신 기도를 올리러 가면 안 되겠냐고 제안했다. 그제야 어머니는 "그러면 약속을 아주 저버리는 것은 아니겠구나."라며 안도의 한숨을 쉬었다.

어머니와 한 약속을 지키기 위해 스님은 주말마다 암자에 가서 백일기도를 드렸다. 작은 암자의 법당은 초라하다 못해 남루하기 짝이 없었다. 불전의 향로 주위에는 재가 흩어져 있었고, 불상이 먼지를 켜켜이 뒤집어쓰고 있었다. 더러운 먼지 속에 초라히 앉아 있는 부처님을 보려니 산중 스님들을 함부로 흉봤던 게 너무나 죄송스러웠다. 기실 남들이 불교를 욕하는 것이 듣기 싫어서 먼저 비난했던 것인데, 돌이켜 생각해보니 비난의 말들이 결국은 부처님을 더럽히는 먼지로 쌓인 것은 아니었을까 하는 자책감이 밀려왔다. 북받치는 감정을 주체하지 못하고 눈물을 쏟았다. 몇 시간 동안 뜨거운 눈물을 쏟아내고 법당을 나오자 어느새 먼동이 터오고 있었다.

새벽녘 차 안에서 바라보는 풍경이 숨 막힐 듯 적막했다. 그 적막한 어둠 속에서 스러지는 별빛과 하루를 시작하는 인가의 불빛들이 파스텔화처럼 희미하게 뒤엉켜 있었다. 그 순간 삶이란 저 명멸하는 빛과 같은 게 아닌가 하는 생각이 밀려왔다. 그러자 가슴이 한없이 아파왔다. 맑고 뜨거운 눈물이 다시 흘러내렸다. 스님은 주머니에서 습관처럼 수첩을 꺼내 마음속에 울리는 소리를 받아 적었다.

'공부를 하고 싶습니다. 올바르고 정직한 눈으로 세상을 보고 실천해나갈 수 있도록, 그런 삶의 한 영역을 담당해나갈 수 있도록, 거뜬히 싸우고 사랑하며 살아가게 해주소서! 이 땅의 모든 불보살님, 석가모니불 앞에 간구히 기도드립니다.'

집에 돌아온 뒤로 잠들기만 하면 늘 삭발염의를 한 수행자가 꿈에 보였다. 꿈속에서 목탁을 치고, 염불을 하고, 경전을 읽는 자신의 모습이 조금도 낯설지 않았다. 그러다 보니 외려 잠에서 깨어나 거울 속에 비친 자신의 모습이 생경하기 그지없었다. '장자의 나비'처럼 어떤 것이 꿈이고 어떤 것이 현실인지 혼동되었다.

문학열이 한창이던 시절에 쓴 시 〈오필리아의 노래〉에는 출가를 간절히 바라는 마음이 담겨 있다.


아침이면

늘상 깨어나

머리맡에 놓아둔

거울을 본다

오늘도

나의 죄는 길다

머리를 빗으며

간밤에 자란 죄의 길이를

가늠이라도 하듯

머리를 빗으며


장독이 터진다는 한겨울

사과씨의 캄캄한 어둠 저 건너편

밤마다 가슴에 불을 지르고

영혼을 사르며

시를 버려도

최후까지 버티는 일은

끝내 머리를 기르는 일

나의 형기는 언제쯤일까

머리를 빗으며

아침이면

늘상 깨어나 거울을 보며

오늘도

나의 죄는 길다


스님은 결국 출가를 결심했다. 모든 사실을 말하자 어머니는 이해해줬다. 반대하던 아버지도 한 집안에서 수행자가 나오는 게 얼마나 어려운 일인 줄 아느냐며 어머니가 설득하자 마지못해 허락했다.


## 뜻밖의 사고에서 얻은
## 큰 깨달음


스님은 백일기도를 했던 절로 다시 돌아가 바라던 대로 수행자가 되었다. 그런데 마음속으로 단단히 출가를 준비했음에도 막상 출가를 단행하려니 그간 모아둔 습작 노트가 눈에 밟혔다. 불에 태울까도 했지만 일찍 죽은 자식을 화장해야 하는 부모의 마음처럼 가슴에 사무쳐 도저히 그럴 수 없었다. 스님은 끝내 노트를 정리하지 못한 채 출가했다. 이 일은 훗날 시집을 내는 동기가 되었다.

문학과 수행은 형이상학적 세계를 동경하고 이를 성취하고자 한다는 점에서는 일치하지만 표현 방식은 다르다. 선가禪家에서는 '불립문자', '교외별전'이라고 하여 문자를 중시하지 않을 뿐만 아니라 육근六根에 의한 모든 체험을 헛된 것으로 간주한다. 반면 문학에서는 자신이 말하고자 하는 것을 오감을 동원해 공감각적으로 생생하게 표현한다.

삭발염의를 마친 스님은 한동안 마음밭을 가느라 여념이 없어 문학은 물론이고 옛 스님들의 어록조차 멀리하며 문자로 인한 관념의 늪에서 벗어나려고 애썼다. 스님에게 다시 공부를 권한 이는 청화 스님이었다.

강원이 방학에 들어갈 때마다 스님은 선지식을 찾아 전국을 돌아다녔다. 처음에는 청화 스님이 저술한 《정통선의 향훈》을 읽고 감명을 받아 찾아뵈었다. 그 후로 방학 때면 반드시 청화 스님을 찾아뵙고는 했다. 강원을 졸업하자 청화 스님이 대학원에 갈 것을 당부했다. 그때만 해도 혜조 스님은 선원에 다닐 생각이었는데, 평소 존경하는 스님의 당부라서 어쩔 수 없이 진로를 바꿨다.

그렇게 대학원 공부까지 마치고 몇 차례 선방에도 들면서 조금씩 식견이 넓어졌다. 그리고 2001년 7월, 뜻밖의 사고가 스님에게 큰 깨달음을 안겨줬다.

당시 혜조 스님은 허름한 암자에서 혼자 기거하고 있었다. 어느 날 폭우로 산사태가 나서 암자의 흙벽이 무너지는 바람에 흙더미에 묻히는 사고를 당했다. 그 순간 섬광처럼 스쳐간 것이 속가의 어머니가 건넨 《법화삼부경》이었다. 어머니는 혼자 힘으로 《법화삼부경》을 번역하려고 애썼고, 스님에게 책으로 출판해줄 것을 부탁했다. 스님은 흙더미 속에서 맹세했다.

'여기서 살아 나가면 제일 먼저 《법화삼부경》을 번역하리라.'

그리고 3시간 동안 '관세음보살'을 외쳤다. 그러자 차디찬 흙탕물 속에서도 전혀 추운 줄을 몰랐다. 생사의 기로에서 스님은 기적적으로 목숨을 건졌고, 그날 이후 큰 변화를 경험했다. 이 세상은 보이지 않는 끈으로 연결돼 있어서 선업善業은 선과善果를 맺고 악업惡業은 악과惡果를 맺는다는 것을 절실하게 깨달았다.

몇 년쯤 지나서 문학에 대한 열정이 되살아났는데, 그 이유는 문학도 포교의 중요한 방편이 될 수 있다는 생각 때문이었다. 스님이 쓴 시집 《너를 위해 밝혀둔 작은 램프 하나》도 결국은 중생계를 향한 간절한 염원인지도 모른다.

스님은 시 속의 오필리아처럼 죄업으로 자라나는 긴 머리를 고통스러워했다. 그래서 꿈속의 수행자처럼 무명초를 자르고 사문에 들었다. 그러나 돌이켜 보면 시 속의 오필리아도, 꿈속의 수행자도 실은 한 사람, 바로 스님 자신이었다.

"네가 꽃을 사랑하듯 꽃도 너를 사랑하느냐?"

◇ 혜총 스님

스님은 양산 통도사로 동진출가하신 뒤 대율사인 자운 스님을 40년간 지극 정성으로 시봉하셨다. 해인사 및 범어사 승가대학, 동국대 불교학과 졸업 후 동 대학원에서 석사 과정을 수료하셨다. 《대한불교신문》 사장, 조계종 포교원장 등을 역임하셨다.

➤ "이 아이는 단명할 운명을 타고났습니다."

평소 집에 자주 드나들던 스님의 말에 부모님의 얼굴이 사색이 되었다. 열한 살 소년은 부모님의 눈치만 살폈다. 어머니가 황급하게 물었다.

"그렇다면 우리 애를 어떻게 해야 할까요?"

"출가해서 불제자가 되면 장수할 수 있습니다."

스님이 떠난 뒤 아버지와 어머니는 밤늦도록 잠자리에 들지 못하고 얘기를 주고받았다.

며칠 후 어머니는 아들의 손을 붙잡고 양산 통도사로 향했다. 통도사에 도착했을 때는 이미 날이 저물고 있었다. 어머니는 아들을 절에 맡겼다. 그리고 산문을 벗어날 때까지 거듭 뒤돌아보았다. 자운 스님은 혼자 남은 소년에게 적멸보궁에 가서 3,000배를 올리라고 했다. 소년은 따지듯이 물었다.

"제가 죄를 지은 것도 아닌데 왜 3,000배를 해야 합니까?"

"사람은 누구나 타고난 업이 있다. 절을 하는 것은 자신도 모르는 업장을 소멸하기 위해서란다. 오늘 네가 3,000배를 하면 나중에 큰

복을 받을 것이다."

소년은 시키는 대로 적멸보궁에 가서 3,000배를 올렸다. 난생처음 3,000배를 마치고 나니 다리가 휘청거려서 제대로 서 있을 수조차 없었다. 간신히 몸을 움직여 자운 스님이 있는 곳으로 갔다. 자운 스님은 미리 준비한 마니가사(한 조각 천으로 만든 가사)를 건네고 사미계와 보살계를 내려주었다. 하룻밤 사이에 소년은 스님으로 신분이 바뀌었다.


꽃 진 자리에
다시 꽃이 피어나듯

사미계와 보살계를 받고 혜총 스님은 속으로 다짐했다.
'내가 이 스님을 40년 동안 모실 거야.'

왜 그런 다짐을 했는지는 자신도 모른다. 혜총 스님은 출가한 이튿날 다짐한 대로 40여 년 동안 자운 스님을 시봉했다. 오랜 세월 자운 스님을 시봉하는 데 조금도 소홀함이 없었음에도 혜총 스님은 말했다. "내가 자운 스님을 모신 게 아니라 자운 스님이 나를 모셨다." 라고.

한창 잠이 많을 나이라 스님은 늘 잠이 부족했다. 산사의 하루는 새벽예불을 준비하는 2시 30분에 시작됐다. 자운 스님은 항상 먼저 일어나 자고 있는 혜총 스님을 깨웠다. 절을 하다 말고 법당 바닥에 머리를 댄 채 잠이 드는 날에는 자운 스님이 업고서 방으로 데려갔다. 저녁을 먹고 나면 놀기 좋아하는 혜총 스님을 일찍 재운 것도 자운 스님이었다.

통도사에서 혜총 스님은 대단히 인상적인 경험을 했다. 세랍과 법랍이 높은 구하 스님이 자운 스님에게 예를 갖춰 대하는 모습이 마냥 이상했다. 그 모습은 마치 어른에게 문안인사를 올리듯 극진했다. 하루는 구하 스님에게 그 이유를 물었다.

"자운 스님은 내 은사이신 경월 도일 스님이 환생한 분이란다."

"큰스님, 거짓말하지 마세요. 저를 놀리려는 말씀이시죠?"

혜총 스님은 환생이라는 말뜻을 이해할 수 없었다. 그러자 구하 스님이 손사래를 치며 말했다.

"어린 네가 이해하기는 어렵겠지. 하지만 내 말은 틀림없다. 은사 스님이 입적하시기 전 나에게만 일러준 것이 있다. 그런데 은사 스님이 말씀하신 그 징표들을 자운 스님이 모두 알고 계신 거야."

혜총 스님은 구참이 되고 나서야 그 말뜻을 이해할 수 있었다. 꽃 진 자리에 다시 꽃이 피어나듯이 죽음 뒤에는 새로운 삶이 있다는 것을.

자운 스님을 모신 복덕으로 혜총 스님은 성철, 청담, 향곡, 운허, 월하 스님 등 한국불교를 대표하는 선맥들의 가르침을 들었다. 또한 지관, 월운, 홍법 스님 등 강백의 동량들과 불교계 대표 문인인 법정 스님과도 인연을 맺을 수 있었다. 자운 스님은 성철 스님이 해인사 방장과 조계종 종정에 추대될 때도 중추적인 역할을 했으며, 운허 스님이 동국역경원을 설립할 때도 이면에서 도왔다.

자운 스님이 혜총 스님에게 잘 모시라고 당부한 스님이 둘인데 바로 법정 스님과 지관 스님이다. 혜총 스님이 해인사에서 수행할 때의 일이다. 당시 법정 스님이 해인사에서 창작열을 불태우고 있었다. 글을 쓰느라 여념이 없었던 법정 스님은 새벽예불이나 대중울력에 소홀할 수밖에 없었다. 자운 스님은 그런 법정 스님을 피붙이처럼 아꼈다. 하루는 혜총 스님이 따지듯이 물었다.

"대중생활에 수시로 빠지는 법정 스님을 왜 그토록 아끼시는 겁니까?"

"그렇게 생각해서는 안 된다. 법정 스님은 조계종단을 위해서 큰일을 할 동량이다. 그러니 너는 법정 스님을 잘 모셔야 한다."

자운 스님의 말을 듣고 나서부터는 법정 스님을 살갑게 대했다. 그러자 법정 스님도 혜총 스님에게 마음을 주기 시작했다.

법정 스님의 방에는 인문학과 사회과학 서적들이 천장까지 쌓여 있었다. 방에 놓인 전축에서는 클래식 음악이 흘러나왔다. 책상 위에 수북하게 쌓인 원고지들을 보고서 법정 스님이 할 불사가 다름 아닌 문서 포교임을 짐작할 수 있었다.

그 후로 친해진 두 스님은 함께 화단을 가꾸기도 했다. 대구에 가서 코스모스 씨를 사와 해우소 주변 잡초가 우거진 곳에 뿌렸다. 가을이 되자 코스모스 꽃이 활짝 피어 바람에 하늘하늘 흔들렸다. 한복을 곱게 차려입은 것 같은 코스모스 꽃밭에서 법정 스님은 혜총 스님을 바라보면서 말했다.

"산에는 꽃이 피네."

눈치 빠른 독자는 이미 간파했겠지만, 이 말은 법정 스님의 책 제목이기도 하다. 먼 훗날 법정 스님으로부터 산문집 《산에는 꽃이 피네》를 받고서 혜총 스님은 이렇게 말했다.

"어디서 많이 들어본 말입니다, 스님."

"올해도 가을이 되면 해인사에 코스모스가 피어나겠지요."

법정 스님이 맑게 웃으면서 대답했다.

오랜 인연에 보답하기 위해 법정 스님은 혜총 스님이 법문집 《꽃도 너를 사랑하느냐?》를 낼 때 추천사를 써줬다. 이 법문집의 제목은 자운 스님이 혜총 스님에게 한 말이다.

"꽃을 좋아하는 사람은 심성이 맑다."는 한 노스님의 말씀을 듣고 혜총 스님은 꽃과 나무를 가꾸는 취미를 갖게 되었다. 나중에는 산야에서 묘목들을 캐서 화분에 심어 가꾸는 분재로 취미가 발전했다. 한번은 자운 스님을 모시고 바깥에 며칠 나갔다가 돌아오니 분재한 나무들이 모두 말라 있었다. 그 모습을 보고 슬퍼하자 자운 스님이 물었다.

"네가 꽃을 사랑하느냐?"

"네."

"그렇다면 꽃도 너를 사랑하느냐?"

혜총 스님은 말문이 막혔다. 가지를 치고 뿌리를 자를 때 나무들이 얼마나 아팠을까. 말없이 고개를 숙이자 자운 스님이 덧붙였다.

"꽃이 너를 사랑할 때까지 너는 꽃을 사랑하지 말라."

자운 스님은 법정 스님만큼이나 지관 스님을 아끼고 좋아했다. 자운 스님이 원적에 들던 날, 스님의 법체를 모신 차량이 다름 아닌 지관 스님이 동국대 총장 재직 시 할부로 사서 선물한 것이었다.


## 조어장부를 모시며
## 40여 년을 배우다


혜총 스님이 지근에서 자운 스님을 모신 것은 40년이 넘지만, 은사인 보경 스님을 모신 것은 10년밖에 되지 않는다. 보경 스님은 일타 스님의 속가 삼촌으로서 일가친척이 출가할 때 함께 사문에 들었다. 스님은 해져서 여러 번 꿰맨 승복을 입고 다닐 만큼 검박했다. 한번은 혜총 스님에게 부산 감로사 청소를 시켜본 뒤 자운 스님에게 이렇게 말했다.

"혜총은 제가 잔소리할 필요가 없을 것 같습니다."

실제로 보경 스님은 혜총 스님에게 잔소리를 한 적이 한 번도 없다. 다만, 감로사의 대문을 닫아 풍찬노숙을 시킨 적은 있다. 혜총 스님이 해인사 강원에 다닐 때의 일이다. 은사 스님에게 인사를 드리려고 감로사에 갔다가 영화를 보러 가자는 한 사숙 스님의 꾐에 빠졌다. 영화를 보고 감로사에 오니 대문이 굳게 잠겨 있었다. 혜총 스님은 하는 수 없이 사숙 스님과 함께 대문 처마 밑에서 새벽 서리를 맞아야 했다.

보경 스님이 감로사 주지로 있을 때 향곡 스님이 방문한 적이 있었다. 자운 스님은 보경 스님에게 밥상을 잘 차려오라고 지시했다. 그런데 얼마 후 보경 스님이 들고 온 밥상에는 보리밥 한 그릇과 간장 한 종지, 물 한 사발뿐이었다. 자운 스님의 두 눈이 커졌다. 그때 보경 스님이 웃으면서 말했다.

"밥상 잘 차려왔습니다."

"밥상을 잘 차렸으니 잘 먹겠네."

향곡 스님은 미소로 화답하며 밥알 하나 남김없이 상을 비웠다.

혜총 스님은 당시 두 스님이 주고받은 말이 무슨 의미인지 몰랐다. 세월이 흐른 뒤 생각해보니 그것은 일종의 법거량이었다. 보경 스님은 지족知足의 삶을 살며 소요하고 있는 자신의 근황을 알렸고, 향곡 스님은 담박하지만 그 깊이를 헤아릴 수 없는 보경 스님의 법기를 인가해준 것이다.

혜총 스님이 40여 년 동안 지근에서 모시면서 본 자운 스님은 조어장부調御丈夫였다. 조어장부는 부처님을 이르는 10가지 명호 중 하나다. 부처님은 사람을 대하는 법에 대해 이렇게 설했다.

"첫째는 한결같이 부드럽게 다루는 것이고, 둘째는 한결같이 거칠게 다루는 것이며, 셋째는 부드러우면서도 거칠게 다루는 것이다."

혜총 스님이 자운 스님을 조어장부에 비유하는 까닭은 사람을 적재적소에 둘 줄 알았기 때문이다. 자운 스님이 혜총 스님에게 당부한 것은 포교였다. 혜총 스님이 평생 포교에 진력한 것도 자운 스님의 가르침을 따르기 위함이었다.


## 문수보살의 지혜가
## 이 세상에 두루하니


혜총 스님은 자운 스님이 입적하던 날을 지금도 잊지 못한다. 자운 스님은 입적하기 석 달 전 혜총 스님에게 "내가 열반에 들거든 대중의 뜻에 따라 영결다비를 봉행하라."고 일렀다. 그리고 열반에 들기 전 혜총 스님을 불러 이렇게 말했다.

"오늘 가려고 하는데 괜찮지?"

"가고 싶으면 가셨고, 오고 싶으면 오셨던 분이 오늘은 왜 그런 말씀을 하십니까?"

자운 스님이 간다는 곳이 해인사인 줄 알고 퉁명스럽게 답했다. 그런데 신도의 49재를 마치고 오니 자운 스님이 위독하다는 소문이 절에 파다했다. 그런 적이 한 번도 없는데 그날 밥상을 물렸다는 것이다. 자운 스님은 그렇게 스스로 떠날 날을 정한 것이었다.

자운 스님이 열반하자 혜총 스님은 황망한 나머지 자신도 따라서 세상을 떠나고 싶었다. 하지만 다시 숙고해보니 '스님께서 나를 남겨두고 가신 것은 이 세상에 내가 할 일이 남아 있기 때문'이라는 생각이 들었다.

몇 해 전 혜총 스님은 중국의 오대산으로 성지순례를 갔다가 새로운 사실을 알게 되었다. 오대산의 현통사와 영축총림 통도사의 '통通' 자가 같다는 사실이었다. 그 사실을 깨닫는 순간 통도사를 창건한 자장율사의 행장이 떠올랐다. 자장율사는 문수보살의 주석처인 오대산에 머물렀다. 그때 오대산에서 문수보살의 현신을 만나 석가모니가 입었던 가사 한 벌과 바리때 하나, 부처님의 정수리 뼈와 치아 사리를 건네받았다. 이후 신라 선덕여왕의 요청으로 귀국한 자장율사가 부처님의 진신사리를 모신 곳이 바로 통도사였다.

혜총 스님은 '통'의 의미에 대해서 숙고했다. 그리고 이렇게 자문자답했다.

'무엇이 통한다는 의미일까?'

'문수보살의 지혜가 통한다는 의미일 테지.'

'문수보살의 지혜는 어디에서 오는 것이지?'

'율법에서 오는 것이지.'

'문수보살의 지혜는 어디에 있는 것이지?'

'이 세상 곳곳에 널리 퍼져 있지.'

생각이 여기에 이르자 혜총 스님은 가슴이 한없이 훈훈해지는 것을 느꼈다. 한국불교의 대표적인 율사였던 자운 스님의 가르침도 이 세상에 두루 퍼졌을 것이라는 생각이 들었다.

자운 스님을 모셨던 날들은 지금도 혜총 스님의 가슴속에 강물이 되어 흐르고 있다.

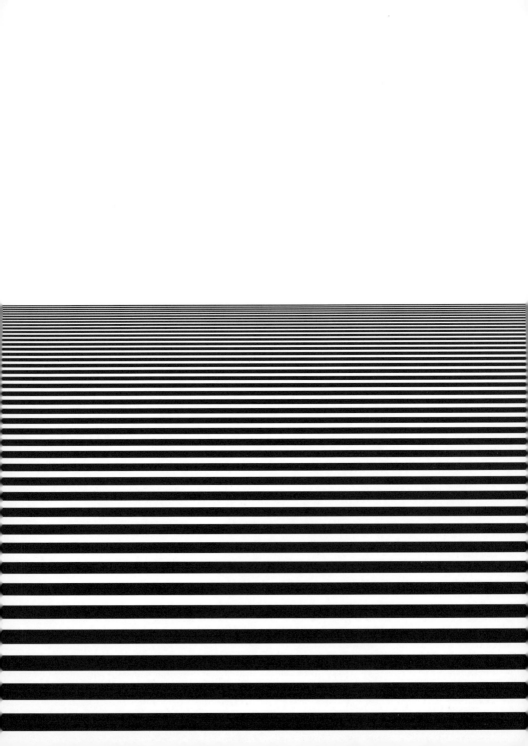

# 버려서 얻은 단 하나의 자유

2019년 4월 5일 초판 1쇄 발행
지은이·유응오

펴낸이·김상현, 최세현
편집인·정법안
책임편집·손현미 | 본문디자인·박소희

마케팅·임지윤, 김명래, 권금숙, 양봉호, 최의범, 조히라, 유미정
경영지원·김현우, 강신우 | 해외기획·우정민
펴낸곳·마음서재 | 출판신고·2006년 9월 25일 제406-2012-000063호
주소·경기도 파주시 회동길 174 파주출판도시
전화·031-960-4800 | 팩스·031-960-4806 | 이메일·info@smpk.kr

ISBN 978-89-6570-772-1 (03810)

쌤앤파커스(Sam&Parkers)는 독자 여러분의 책에 관한 아이디어와 원고 투고를 설레는 마음으로 기다리고
있습니다. 책으로 엮기를 원하는 아이디어가 있으신 분은 이메일 book@smpk.kr로 간단한 개요와 취지,
연락처 등을 보내주세요. 머뭇거리지 말고 문을 두드리세요. 길이 열립니다.